「…そういう
言い方はやめろ。
命令したくなる」
「その時は、
私は隣に
いなくてもいいですか？」
薬屋のひとりごと
15
日向夏
Natsu Hyuuga
illustration
しのとうこ
JN047759

羅門《ルオメン》は杖《つえ》を突きながら
一番前に置かれた
椅子に座る。

扉を開けると、
苦労性でおなじみの高順《ガオシュン》がいた。
その後ろで雀《チュエ》がのぞき込んでいる。

翠苓《スイレイ》はとことんやる気がない
台詞《せりふ》ばかり吐くが…

「阿多《アードゥオ》よ。おまえは朕《ちん》を恨んでいるか？」
「陽《ヨウ》よ。逆に恨まれないと思っているのか？」

猫猫《マオマオ》は一瞬止まり、
そして奇声を上げた。
「ふぉおおおおおおお！」

猫猫はさっそく
ぼろぼろの書に
手を伸ばしたが、
壬氏《ジンシ》に手をはたかれる。

薬屋のひとりごと

INTRODUCTION

禁書に記された名前とは

TVアニメが大ヒット、第2期の制作も発表された「薬屋のひとりごと」。
原作小説最新15巻では投薬実験と外科手術がキーポイントとなります。
医官たちを集めて大掛かりな投薬実験が繰り返されるのですが、
一体何のために？　そして誰のために？
猫猫《マオマオ》の疑問は、口に出すことは許されません。他の医官たちも
実験の目的に薄々気づきつつも、誰も答えをはっきり言おうとしません。
やんごとなき身分のかたが病に臥されたと気づいても、それを公に
することは国を揺るがすことになると、皆が皆わかっているのです。
そして、猫猫は復元された『華佗《カダ》の書』を
壬氏《ジンシ》に見せてもらうことになりますが、
そこには、決して忘れられぬ名前が書かれていました。
『曼陀羅華《マンダラゲ》』。
朝顔に似たその植物は、とある秘薬の材料だったのです。

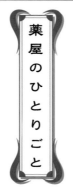

薬屋のひとりごと

15

日向夏

ヒーロー文庫

目次

薬屋のひとりごと

目次

15

illustration : しのとうこ

人物紹介

猫猫《マオマオ》……元は花街《はなまち》の薬師《くすし》。後宮《こうきゅう》や宮廷勤務を経て、現在は医官付きの官女《かんじょ》をやっている。今一番興味があるのは『華佗《カダ》の書』。実父の羅漢《ラカン》が嫌いだが、最近は虎狼《フーラン》の不快度が急上昇中。二十一歳。

壬氏《ジンシ》……皇弟《おうてい》ということになっている、天女のような容姿を持つ青年。過去に後宮で宦官《かんがん》の真似事をやっていた。現在、当時のふるまいを思い出すと羞恥で穴があったら入りたくなる。本名、華瑞月《カズイゲツ》。二十二歳。

馬閃《バセン》……壬氏のお付《つき》。高順《ガオシュン》の息子。家鴨《あひる》愛好家。元上級妃の里樹《リーシュ》を妻にするために姉の麻美《マーメイ》とともに画策している。二十二歳。

雀《チュエ》……高順の息子である馬良《バリョウ》の嫁。神出鬼没な侍女。なんだかんだで人当たりがいいので、義実家とはうまくいっている。虎狼が嫌い。二十三歳。

羅半兄《ラハンあに》……羅漢《ラカン》の養子である羅半の兄。今巻では登場しない。

羅漢《ラカン》……猫猫の実父であり、羅門《ルオメン》の甥《おい》。片眼鏡《モノクル》をかけた変人。過去に皇帝とはいろいろあった模様。

水蓮《スイレン》……壬氏の侍女であり乳母であり実の祖母。

玉葉后《ギョクヨウきさき》……皇帝の正室。赤毛碧眼《へきがん》の胡姫《こき》。東宮《とうぐう》の母であるが、その容姿ゆえ、正室にふさわしくないと言われることも多い。二十三歳。

紅娘《ホンニャン》……玉葉后の侍女頭。有能ゆえになかなか仕事を辞めさせてもらえない。

玉葉后付き三人娘……桜花《インファ》、貴園《グイエン》、愛藍《アイラン》。猫猫に良くしてくれた元翡翠宮《ひすいきゅう》の侍女たち。以前とあまり変わっていない。

妤《ヨ》……疱瘡《ほうそう》の痕が残る医官手伝いの新人官女。

長紗《チャンシャ》……医官手伝いの新人官女《かんじょ》。猫猫《マオマオ》と同じ宿舎にいる。

天祐《ティンユウ》……新米医官。遺体解剖が好きな危ない人。『華佗《カダ》』の子孫。

虎狼《フーラン》……玉袁《ギョクエン》の孫。玉葉后《ギョクヨウきさき》の甥《おい》。『玉《ギョク》の一族』の者で、目的のためなら兄を殺すこともいとわない。現在、壬氏《ジンシ》の下《もと》で副官として働いている。

麻美《マーメイ》……馬閃《バセン》の姉。馬《マ》三姉弟の中で一番の強者。

馬良《バリョウ》……馬閃の兄、雀《チュエ》の夫。病弱で大体帳《カーテン》の奥に引きこもっている。

劉《リュウ》医官……上級医官。羅門《ルオメン》の古い知人。猫猫たちに厳しい指導を行う。

羅門《ルオメン》……猫猫の養父。元宦官《かんがん》。現在は後宮《こうきゅう》や宮廷で医官として働いており、劉医官とは旧知の仲。

李《リ》医官……中級医官。猫猫たちと共に西都に行っていた。修羅場をいくつも潜《くぐ》り抜けた結果、やたらたくましくなった。

皇帝……壬氏の同母の兄、ということになっている。美髯《びぜん》の偉丈夫だが、壬氏のことではいろいろ悩みが多い。

高順《ガオシュン》……皇帝の乳兄弟《ちきょうだい》、馬三姉弟の父。恐妻家の苦労人。皆の知らぬ皇帝の一面を知っている。

阿多《アードゥオ》……元上級妃。壬氏の実の母親。かつて幼子《おさなご》だった壬氏と皇弟《おうてい》を入れ替えた。現在は、離宮にて余生を過ごしている。

翠苓《スイレイ》……『子《シ》の一族』の生き残りであり先帝の孫。現在、阿多の離宮に匿《かくま》われている。

イラスト／しのとうこ
装丁・本文デザイン／5GAS DESIGN STUDIO
校正／福島典子（東京出版サービスセンター）
ＤＴＰ／伊大知桂子（主婦の友社）

この物語は、小説投稿サイト「小説家になろう」で
発表された同名作品に、書籍化にあたって
大幅に加筆修正を加えたフィクションです。
実在の人物・団体等とは関係ありません。

一話　選抜試験

かんかんと照る太陽が勢いを落とし始めた。袖をまくらずに仕事ができるだけ、過ごしやすい季節である。

「ここのところ、仕事が楽になってきましたね」

「そうだな」

猫猫《マオマオ》は李《リ》医官と休眠室の掃除をしていた。本来、李医官がするような仕事ではないが、筋力を使うことならなんでもやってくれる。わざわざ寝台を移動し、寝台の下まで掃除するほどだ。仕事ではなく、筋肉を行使して育てることが目的となっているのだろう。

仕事が楽になったというのは、武官同士の小競り合いが減ったのが理由だ。変人軍師がまた共通の敵として認識され始めたか、それとも上層部が睨《にら》みをきかせたのか。

(何か原因が排除されたのか?)

どちらにしても猫猫としてはありがたい。壬氏《ジンシ》あたりが締め上げたのだろうか。

それにしても休眠室はすぐ汚れる。怪我人《けがにん》や病人を一時的に寝かせておくほか、医官たちが仮眠にも利用する。仮眠するのはいいが、夜食に食べた串焼きの串が落ちていたり、下手すれば回し読みした性風俗本などもある。

（後宮《こうきゅう》では教本として使っていたなあ）

猫猫は指先で本をつまむと、卓の上に置いた。持ち主がいれば持って帰るだろうし、持ち主じゃなくても持って帰るかもしれないし、持ち主が見つからなかったら処分しよう。

「それなーに？　娘娘《ニャンニャン》の私物ー？」

後ろから声をかけられ、猫猫は思わずのけぞる。猫猫を『娘娘』と呼ぶのは一人しかいない。

「なんでしょうか、天祐《ティンユウ》医官」

「娘娘ってそういう本読むんだー」

天祐は茶化すねたができたと喜んでいるが、残念なことに背後に李医官がいることに気付いていない。

「医官の誰かの忘れ物だ」

「うわっ！」

「うわっ、とはなんだ、うわっとは？」

天祐は李医官に気付き、顔を引きつらせていた。李医官は拳骨を振るう予備動作に入っている。

「なんだ？　おまえ、仕事はどうした？」

「仕事はやりましたよー。それより、今日は用事があって来たんですから、拳骨振るうのはやめてくださーい」

天祐は頭を抱え、縮こまっている。柳《やなぎ》に風の敵なし天祐にも天敵がいることは幸いだ。

「で、何の用ですか？」

猫猫は椅子にどっかと座り、気だるそうに足を組んで、さらに小指で耳を掻《か》いていた。

「なんか本当にかろうじて敬語を使ってますよーという態度だ」

冷めた声で天祐が言った。

「気のせいですよ」

猫猫は、小指にふっと息を吹きかける。

「猫猫、天祐の話はほとんど無視していいが、上からの命令かもしれない。念のため話を聞こうな」

「わかりました」

李医官が言うのなら仕方ないので、天祐の話を聞くことにする。

「猫猫って話を聞く相手と聞かない相手、はっきり分けるところあるよね」

「気のせいです」

猫猫たちが休眠室から医務室に移動すると老医官がいて、日誌を確認していた。

「劉《リュウ》医官がお呼びなので、娘娘を連れて行ってもいいですか？」

天祐も天祐で、老医官には丁寧な口調で言う。

「天祐に猫猫か。もしかしてあれかなあ？」

老医官は猫猫が呼び出された理由に心当たりがあるようだ。

「別に連れてっていいけど、猫猫だけかい？」

「李医官まで連れていくと、いろいろ大変でしょ？」

天祐は老医官に気軽な口調で返す。

「そうだねえ。李くんはいろいろ使い勝手がいいから残してもらいたいねえ」

なんだか含みのある言い方だ。

李医官も猫猫がどこに連れていかれるのか、疑問に思っているようだ。

「私は行かなくていいのですか？」

天祐にではなく老医官に確認する李医官。

「はい」

李医官の問いに天祐が答える。

「李医官が残るなら問題ない。猫猫は連れて行っていいよ」

老医官は李医官に日誌を渡す。

猫猫を呼び出す理由はともかく、猫猫とてあまり天祐といたくない。

「天祐医官じゃなくて李医官が行く方がいいと思います。李医官と交換《チェンジ》でお願いします。

代わりに天祐医官を置いていきます」

猫猫は私情をまじえた意見を述べる。

「だーめ。私も天祐はいらないから」

老医官も天祐を拒否した。

「ははは、李医官は人気者だなあ」

「天祐、お前どこでも嫌われているんだな」

李医官も天祐には容赦がない。

「しかし、何をするんでしょう？」

「実は俺もあんま聞かされてないんだよねー。ついでに娘娘連れてこいって言われただけでさー」

猫猫と天祐は腕組みをする。

「なーに、大したことはないよ。簡単な試験を行うだけさ。そこで落ちれば問題ない」

老医官は窓の外を眺めて言った。

「さて、遅れてはいけないだろう。行ってきなさい」

「はい」

猫猫たちは老医官と李医官に送り出された。

劉医官がいる医務室は、宮廷の中心部にある。外廷に位置するが、皇帝の寝所に近い場所だ。しかし、中に劉医官はいなかった。

「劉医官ならこっちにいる」

猫猫たちは、別の医官に近くにある広間へと案内される。

呼び出されたのは猫猫と天祐だけではないらしく、他にもたくさん医官がいる。うじゃうじゃ集められた医官たちは、なんで集められたのか知らないらしくそわそわしていた。

面白いことに、女性も何人かいた。猫猫の同僚である姚《ヤオ》や燕燕《エンエン》たちではない。もっと年上の、中年と言ってもいい年齢だが、女官《にょかん》の類《たぐい》ではなさそうだ。

（部外者？　ってことはないはずだけど）

猫猫がこの場であまり浮いていないのは、所属不明の彼女たちがいるからである。

そんな場所にまさかの人物が目の前にいて、猫猫はぽかんとした。腰が曲がったいかにも老人らしき医官である。

「おやじ」

猫猫の養父、羅門《ルオメン》がいた。羅門は現在、後宮《こうきゅう》医官として働いているはずだった。猫猫は小走りで羅門に近づく。

「おやじじゃないだろう。ここでは、そうだねえ、漢《カン》医官とでも呼んでおくれ」

「なんでこんな場所にいるんだ？」

「だから、その口調は。まあ、すぐわかるよ」

（おやじは、集められた理由を知っているんだろうなあ）

さっきの老医官の反応からして、上級医官たちでなにやら話し合いが行われたのだろう。

「何が始まるんですかー？」

天祐も猫猫についていきて羅門に質問している。

「今にわかるよ。いちいち一人ずつ説明するわけにはいかないだろう」

羅門は杖《つえ》を突きながら、広間の奥に向かう。机が置いてあり、そこに劉医官がいた。他にもう一人上級医官がおり、何やら話している。

「皆、集まったようだな。急な呼び出しで悪いな」

ざわざわと皆が騒ぐが、劉医官が一回大きく手を叩《たた》くと一瞬で静かになった。

「早速だが、今から三つの班に分ける」

劉医官は紙を見せる。羅門ともう一人の上級医官も紙を見せる。

「それぞれ、自分の名前が書かれている紙を持った者についていくように」

猫猫は見えないので、ぴょんぴょん飛び跳ねて自分の名前があるかどうか確認する。

（やった！）

羅門の班らしく、紙の最後に名前が書かれていた。猫猫以外にも十人ほどが羅門の元に集まる。

「皆、揃《そろ》ったようだね。こちらについておいで」

こつこつと羅門の杖の音が響く。

猫猫は少し跳ねるような動きで羅門についていく。羅門の横について歩こうかと思ったが、他の医官たちの手前、一番後ろを歩いた。足の悪い羅門の補助は他の医官がやっている。

羅門は別の部屋へと移動した。そこにはすでに机と紙が人数分用意されていた。

（本当に試験なんだ）

急に呼び出されたのも抜き打ちのためだろう。皆、困惑している。

「あのー」

医官の一人が手を上げた。

「どんな意味があって試験をやるのでしょうか？」

「別にやってもやらなくてもいいさ。やりたくないのなら帰っても問題ないよ。罰せられることはないからね」

羅門は杖を突きながら一番前に置かれた椅子に座る。

（そんなこと言われて帰るのは、反抗期の子どもくらいでしょうに）

医官たちはそれぞれ顔を見合わせつつ、席に着いた。猫猫は最後に余った一つに座る。

「時間は半時《いじかん》。早速始めようか」

羅門は線香に火をつけて立てる。

猫猫は裏返しだった問題用紙を表にした。

内容は医官として常識的な問題が五十問ほどと、薬剤系の専門知識が五十問。半時《いちじかん》という時間を考えると、知っていて当然だから全部解けよという空気が感じられる。

猫猫は休む間もなくひたすら書き続ける。焦った医官の中には筆を落とす者や、書き損じをしたのか唸《うな》る者もいる。

「はい、終わり」

時間は一瞬で過ぎ去った。見直す時間はなかったものの、全問埋められただけ良しとしよう。

がっくりと肩を落とす医官もいた。時間があれば解ける問題が多いだけに悔しいのだろう。

「さて、次の場所に行くよ」

羅門は線香の火が完全に消えているのを確認してから立ち上がる。どこへ行くかと思えば、薬の保管庫に向かっていた。

保管庫にはずらりと薬棚が並んでいる。猫猫は仕事でよく回る場所だが、いつ何度来ても落ち着く場所だ。

（はーい、大きく息を吸ってー）

吸って吐いて、独特の匂いを堪能する。

（そういえば――）

猫猫は集まった医官たちの傾向に気が付いた。全員が顔見知りというわけではないが、何人かは猫猫と同じく薬棚の在庫管理を任されていた。

さっきの筆記問題の傾向を考えると、この班は生薬関連が得意な人間が集められているようだ。

（となると、天祐は外科系か？）

手術の才能だけはずば抜けている男だ。人間性はともかく優秀なのは違いない。

「次は何をすればよろしいのでしょうか？」

医官の一人が聞いた。

「そうだね。薬をいくつか、それぞれ作ってもらえるかい？」

「わかりました」

医官たちは気持ちを切り替えている。

「患者は二十歳の女性。胃炎のためか睡眠不足が続いていると夫からの相談。とりあえずどんな薬を処方するかな？」

何人かの医官たちが動く。慌てて材料を探す者もいれば、試験で失敗したのかやる気がなく、とりあえず作ろうとしているだけの者もいる。

猫猫と、三人の医官は動かない。

（全員で動いても邪魔になるし、在庫はたくさんあるからなくなることもなかろう）

残った三人の医官は、猫猫と同様に薬の管理を任されている者たちだ。急がずとも何の薬がどこの引き出しに入っているかわかっていることもあり、落ち着いていられる。

(長先輩、短先輩、中同輩)

猫猫は三人に対して、勝手にそんな名前を付けている。背が高い先輩に小さい先輩、それから中くらいの身長の同期だ。それぞれ自分の調子《ペース》で仕事をするので、いちいち自己紹介などすることもなく、でも顔は知っているという関係である。

先に動いた医官たちは引き出しをいくつか開けて必要な薬の材料を集めている。

(竜眼《リュウガン》に当帰《トウキ》、甘草《カンゾウ》、山梔子《サンシシ》……、加味帰脾湯《カミキヒトウ》あたりかな?)

猫猫は横目で卓に置かれた生薬を確認する。違う生薬を用意する者もいるが、大体似たような物を作っている。

「君たちは動かないのかい?」

羅門が聞いた。

「全員で行っても邪魔になりますから」

長身の先輩医官が言った。

「他に症状はありませんか?」

短先輩は目を細めながら聞いた。

(ここで聞いていいのかな?)

「症状と言われてもね。具体的にはどんなことだろうか」

「つわりなどはありませんか？」

猫猫も念を押すように聞いた。

二十歳の女性、夫からの相談。ここで、妊娠の可能性も考えておかねばいけない。不眠症の薬はたくさんあるが、妊婦にとって悪いものも多い。

残った医官たちは猫猫と同じく、その可能性を示唆《しさ》していた。

（別に他の医官たちが無能というわけじゃない）

基本、宮廷内の患者は男ばかりだ。官女《かんじょ》たちは病気だとしても隠したがるので医務室には来ないし、妊娠したら宮廷勤務を辞めてしまう。

宮廷医官の立場からもう一歩踏み込まないと間違えてしまう、引っかけ問題だ。

「そうだね。吐き気もあるようなので、その可能性は考えておいたほうがいい」

猫猫たち四人はようやく動き出す。先に薬を作り始めていた医官たちはできあがりを羅門に見せては、不合格判定を食らっていた。一人だけ合格者がいたが、その当人は筆記試験の結果が悪かったのかあまり喜んでいない。

猫猫たちは四人とも同じような生薬を手にし、同じような薬を作る。細かい作り方は違うが、大体似たような薬ができあがる。

ただ、時間が短かっただけに中同輩は少し慌てているように見えた。不合格判定を食らった他の医官たちの目を気にしたのもあるだろう。

「はい、三人正解。これはもうちょっと丁寧に作ろうか」

中同輩の薬だけ駄目だしをされた。作る時間が足りず、綺麗《きれい》に混ぜられていなかったのが原因だろう。

「あー、もっと素早くやります」

中同輩はがっかりしながらも、駄目だった点を確認して納得している。

「さて次のお題に行くよ」

羅門はこうして猫猫たちにいくつも薬を作らせていく。

調合の指示書を渡して作らせるだけでは終わらないのが、羅門だ。

（よく引っかけを入れるんだよなあ）

意地が悪いといえばそうだが、患者も自分の症状を上手く説明できない場合も多い。相手の言葉を疑ってかかるくらいがちょうどいいというのが、羅門の教えだ。

（これくらい金に対しても細かかったらいいのに）

さすがに医官として雇われているので、給料の上前をはねられることはあるまいと思いたいが、一応今度確認しておこう。

（通りすがりの困った人に全財産をやってしまう可能性はある）

宮廷から一歩も出ないなら問題ないと思いたい。

猫猫はそう思いながら、次のお題の薬を作っていく。

羅門は薬の知識を確認するとともに、作業工程も観察していた。どんな原料を選ぶのかだけでなく、取り扱い方、加工方法も見ている。

（試験は受けなくてもいいとか言ったけど）

受かったら何をさせられるのか疑問である。

「じゃあ、次は制限時間内に大量に作ってみようかね？　ここに書いてある組み合わせでお願いするよ」

羅門は難易度を上げていく。

猫猫は処方を確認する。

「はい」

猫猫が手を上げる。

「なんだい？」

「この薬をこれ以上作っても無駄になると思われます。使い切れません」

猫猫は、貴重な生薬を無駄にするくらいなら意見を述べる。

「私も同感です」

短先輩も同意する。腹痛の内用薬だが、一日の消費量を考えると余り過ぎる。原料となる薬草は他の薬にも使われるので、同じ種類の薬を大量に作り置きしておくのは良しとしない。

「武官たちによく使う切り傷の薬ではだめですか？」

他の医官たちも猫猫に同意する。

「無駄にはならないよ。これから作る薬は市井《しせい》の患者たちに配るんだよ」

「……どういうことでしょうか？」

中同輩が訊《たず》ねる。他の医官たちもざわめいている。

「新たに作る薬の効用を調べるためさ。比較しやすいように同じ症状の患者を集めてもらっている」

「……」

猫猫が自分の左手を使ってやっている実験を、より正確にやるために集めたのだろう。

猫猫は処方が書かれた紙をもう一度確認する。冬瓜子《トウガシ》、大黄《ダイオウ》、牡丹皮《ボタンピ》など。

（循環器系の薬か？）

どんな患者たちが集められたのか。どんな薬を開発しようとしているのか。

「今日の試験は、その投薬実験に関わる者を選ぶためのものだよ。さて、試験は終わりだ。皆、帰ってもいいよ。合否は、すぐ知らせるからね」

羅門は、試験の答案を持って、保管庫を出て行った。

受験者たちは不思議そうな顔をしつつ、ばらばらに帰っていく。

（私も帰るか）

猫猫も出て行こうとした時、肩を掴《つか》まれた。

「おい」

肩を掴んでいたのは受験者の一人だ。先に薬を作っていた人の中で、一人だけ合格を貰《もら》っていた医官だった。

同じ部署に入ったことはない。だが、どこかで見たことがある顔である。

「おまえ、翠苓《スイレイ》のことを知っているのか？」

「翠苓……。ああ」

何年前だったか、翠苓を好いていた医官だ。翠苓が蘇《よみがえ》りの薬を使って、逃走した件で利用されていた。

（前は薬の管理を任されていたのに）

今、違う部署にいるのは、翠苓事件で降格されたのだろう。

今まで猫猫と顔を合わせることがなかったのは、偶然か、それとも誰かが気を使った必然なのか。

「翠苓のことというと、彼女の現在についてですか？」

「そうだ」

「私は何も知りません」

「本当か？」

（嘘《うそ》だよ）

でも、嘘をつかなくてはいけない。

翠苓は表向き、いてはいけない人なのだ。『子《シ》の一族』の一人であり、先帝の孫娘。数々の要人の事故や殺人に関わったとされる。猫猫も誘拐されている。

生存していることが知られた時点で、彼女の処刑につながるかもしれない。

だから、どんなに冷たくてもはっきり言わないといけない。

「彼女の居所を知っていたら、私は報告しないといけません。その時は報奨金でもいただきますよ」

翠苓は複数の事件の容疑者だ。見つかったら無事ではいられないくらい、この医官でもわかるだろう。

「……わかった」

医官は肩を落としながら部屋を出た。

（彼女のことは忘れてくれ）

猫猫はほっと胸をなでおろした。

二話　疱瘡《ほうそう》と水疱瘡《みずぼうそう》

試験翌日、猫猫《マオマオ》はいつも通り在庫管理を行っていた。

（あえて厳選した人材で、投薬実験をする理由）

何か意味があるのだろうか、と考えつつやっていたのが悪かった。

「おわっ！」

上《うわ》の空《そら》で仕事をしていたので、薬の入った壺《つぼ》を落としそうになって慌てた。すぐ隣に手伝いに来ていた妤《ヨ》がいて助かった。すかさず支えてくれて大事に至らずに済む。

「ふう、ごめん、助かった」

「何か考え事ですか？」

後輩の妤は、二人いる新人官女《かんじょ》のうち背が高いほうの官女だ。配属された場所は違うが、猫猫のところに薬草の保存方法や調合法を習いに来ている。覚えがいいので、猫猫としては教《おし》え甲斐《がい》があって楽しい。

「大したことじゃありません」

猫猫は頬を両手でぱんと叩《たた》いて気合を入れる。

とはいえ、簡単に頭から離れるものではない。そのときふと、妤の長袖が目に入った。

「失礼を承知でお願いしてもいいですか？」

「なんでしょうか？」

「疱瘡《ほうそう》の痕を見せてもらってもいいですか？」

妤の腕には疱瘡の痕であるあばたが残っている。彼女の故郷は疱瘡の流行で滅びた。

妤は一瞬怪訝《けげん》な顔を見せたが、袖をまくってくれた。豆粒のような赤い痕が点々と重なっている。

「珍しいですか？」

「珍しくはないですが、じっくりと見たことはなかったので」

薬屋の客の中にも疱瘡の痕を持つ者はいた。ただ、疱瘡の痕を好んで見せてくれる者はいない。不躾《ぶしつけ》な願いだとは重々承知している。

「痕が残ったのは手だけですか？」

「あと肩と首のところにも少し。でも、他の人に比べるとずっとましなほうです」

「克用《コクヨウ》の処置のおかげですか？」

「はい」

妤は言い切った。

克用、顔に疱瘡の痕がくっきり残る、やけに陽気な医者だ。昔、妤の村で医者をやっていたという。一見、ちゃらんぽらんな奴だが、妤からの信頼は厚い。

「具体的にどんな処置が行われましたか？」

猫猫は前に説明を聞いた気がしたが、もう一度確認しておきたかった。

「肌に傷をつけて、古いかさぶたの粉をこすりつけました。他にかさぶたの粉を鼻から吸わせる方法もあるそうですが、かさぶたの量が足りなかったようです」

「ほうほう」

やはり詳しく聞いておくものだ、と猫猫は頷《うなず》く。

「その処置でどの程度の症状が出ましたか？」

妤は腕を組み、目を瞑《つぶ》る。

「ええっと、かなりの高熱が出ましたが、水膨《みずぶく》れが全身に回ることはなかったです。私と同じ処置をした他の子の中には、同程度かもっと軽く、数日で熱が下がって水膨れもほとんどなかった子もいました」

「やはり個体差は大きいですか」

猫猫は書き留めるための記帳《メモ》を探す。妤は書き留めるほどでもないと言うが、猫猫としては覚えておきたい。

「かなり大きいですね。その人の体の大きさなどもありますが、やはり摂取した毒の量の違いが大きいかと思います。形状がかさぶたなので、皆きっかり定量を植え付けるのは難しいです」

ふむ、と猫猫は腕組みをする。妤は賢い。自分の推論をまじえつつ、客観的に話をする。

「克用の処置を受けなかった人は、どうなっていましたか？」

「父は以前疱瘡《ほうそう》にかかっていたのですが、軽い発熱がありました。余力がある村人は疱瘡が流行《はや》り始めると同時に村を出て行きました。残った村人は私たち家族と子どもが数人。あっ、あと一人大人が生き残って、他は全員死にました」

疱瘡に一度かかったら、再びかかることはない、というわけではなさそうだ。

「ひどい状況でしたね。遺体の処置は？」

「……焼いて骨は埋めました。家も焼きました」

妤は躊躇《ためら》いつつ話してくれる。かさぶたから感染するということは、遺体を埋めるだけでは危険だ。死者への冒涜《ぼうとく》ともとられかねないので、焼くのは覚悟が必要だっただろう。

「それで、みんなで都にやってきたわけですね」

「いえ、全員ではなく、私の家族以外で生き残った大人は別のところへ行きました。あと、都に入る前には衣服を頑張って煮沸《しゃふつ》しましたし、病も完全に治っていましたので――」

流行病《はやりやまい》を持ち込んではいないと強調したいらしい。

「わかっています。遺体の処置も、よそで話したりしません」

疱瘡の処置については、また克用に詳しく聞くべきだと猫猫は思った。

（おやじにも確認しておこう）

他にもたくさん優秀な医官がいる。年配の医官なら過去の疱瘡の流行について知っているかもしれない。

なんだかんだ話しているうちに、仕事は終わる。

「じゃあ作った薬を持っていきますのでついてきてください」

「はい」

よく使う薬は医務室に置く。

「いかつい人たちもいますが、何を言われても動揺せずについてきてくださいね」

猫猫の職場は武官たちの修練場が近い。そのため、いかつい男たちが多い。まだあか抜けないとはいえ、可愛い後輩に手を出されてはたまらない。

若い男たちの近くを通ると、猫猫たちを値踏みするように見る。猫猫は普段通り、好は少し硬くなりながら歩く。

「ほれほれ、大したことない。あっちへ行け」

医務室に着くと、老医官が擦《す》り傷《きず》の武官を追い出していた。好々爺《こうこうや》に見えるが、荒事《あらごと》に慣れた熟練医官である。

「軽く薬を付けるだけで安心するのでは？」

筋肉育成でおなじみ、李《リ》医官が老医官に言った。

「ちゃんと傷口は綺麗《きれい》にしておいたよ。何より、あやつは前に同僚の腕を折ってへらへら笑っていた奴だぞ。自分にだけ甘い奴には唾でもつけるので十分じゃろ？」

「そうですか、根性なしですね。消毒として塩をすりこめばよかったですね」

李医官の筋肉はだんだん頭の中にまで浸食している気がした。

「薬補充します」

猫猫は医務室に入って薬箱を取り出す。

「補充します」

妤も猫猫の真似をする。

「おや、今日は可愛い子を連れているね」

「今年入りました。妤と申します」

どうやら初対面らしい。

「こっちの部署には荒っぽい奴らが多いから、女の子はあんまり来ないからねえ」

「私がいるじゃないですか」

猫猫は棒読みで言った。

「猫猫と雀《チュエ》さんは特別枠だよ。花で言うと、大葉子《オオバコ》とか蒲公英《タンポポ》だね」

雀も何気なく同じ枠に入れられていた。

老医官も李医官も比較的女子供《おんなこども》には丁寧なため、妤がいても安心できる。逆を言えば、猫猫を配属する際、その点を考慮していたのだと痛感した。

猫猫は世間話はそれまでにして、補充を再開する。

「補充する際、残った薬の日付を確認してください。日付の古いほうを上に、古すぎるものは捨てます」

毎度補充しているのでそうそう捨てる物はない。後宮《こうきゅう》の医務室と違って、実にしっかりした職場だ。

（やぶ医者元気かなあ）

今は羅門《ルオメン》がいるので、後宮の医務室は安泰だろう。心配するとしたら、やぶ医者の首くらいだ。ただ、羅門には新しい仕事が割り当てられたみたいなので、これからどうなるのか少し心配だ。

ちょうど怪我人《けがにん》もいないところで、猫猫は手を休ませずに話を切り出す。

「医官さまたちは、疱瘡《ほうそう》にかかったことはありますか？」

妤が少し驚いた顔をしたが、そのまま薬の補充を行う。

「疱瘡？　誰しもかかるものではないのか？」

「いいえ、たぶんそっちの疱瘡とは違うかと」

おそらく李医官は、疱瘡ではなく水疱瘡《みずぼうそう》のことを言っているのだろう。水疱瘡なら、子どものうちに大体かかる。疱瘡と水疱瘡、猫猫も区分がよくわからないが、より死に近いのは疱瘡《ほうそう》だ。

「私はあるよ」

老医官は、ほれと袖をまくって見せた。肌のしみと共に赤い模様が入っている。妤よりもずっと密度が濃い。

堂々と見せられるのは、疱瘡にかかったのは過去のことであり、痕が残ってもそこからうつらないと理解している人間しかいないためだろう。李医官も落ち着いて観察していた。

「君は怖くないかい？」

老医官は妤に聞いた。

「いえ。うつらないことを知っていますので」

「説明する手間が省けてよかった」

老医官は新人の妤の態度にほっとする。ここでひるむような官女《かんじょ》はとうに姚《ヤオ》が追い出していただろう。

「痕を見る限り、ひどかったんですか？」

「そうだね。背中は半分くらいだ。私の世代じゃあ珍しくもないよ。当時、流行《はや》っていたからね。けど、最初の嫁さんには難色を示されたなあ」

（最初の）

「二番目の嫁さんは？」

猫猫はすかさず聞いてみた。

「いい女だよ。家でひ孫の守りをしている」

「惚気《のろけ》ですか？」

老医官はにいっと笑って袖を戻す。

「失礼ですが、よく生き残りましたね」

「そうだね。最初、水疱瘡《みずぼうそう》かと思っていたら、症状が重くてね。うちが医者の家系じゃなかったらきっと死んでいただろうねえ」

「水疱瘡と疱瘡の違いがよくわかりません」

李医官の質問に、猫猫も頷《うなず》く。

「致死率は違うけど、見た目はよく似ているからね。ただ、病を引き起こす毒が似て非なるものじゃないかって仮説は聞いたことがあるよ」

老医官は一休みしようと、茶菓子を机の引き出しから取り出して食べる。猫猫たちにも食べるかと差し出してきたので、ありがたくいただく。好は遠慮がちな態度だったが、老医官にすすめられると食べるしかない。

武官たちの小競り合いが落ち着いたため、こうして点心《おやつ》の時間も取れるようになった。

「病を引き起こす毒かあ」

「猫猫、試そうとは思うなよ」

「……わかっていますよ」

猫猫は睨《にら》む李医官から目をそらす。

「疱瘡《ほうそう》の痕はいろいろ言われるけど、医者としては有利な点があるんだよ。身を以《もっ》て体験しているので病の恐ろしさがわかることと、その病にはかかりにくくなることだよ」

「はい」

返事をしたのは猫猫ではなく妤だった。妤にとって、老医官の存在はある意味救いになろう。

(妤の前で話を切り出してよかった)

少なくとも疱瘡のことを甘く見る人たちではないことはわかっていた。痕を揶揄《やゆ》するような人物の前では、猫猫も話題にはしない。

「とはいえ、位が上がると弊害はあるよ。同じ能力の医官が二人いるとする。高貴な身分の人の処置をするのは、痘痕《あばた》が少ない方だ」

「……」

現在、医官たちを統《す》べるのは劉《リュウ》医官だ。劉医官は素晴らしい医官だが、年齢を考えると老医官が上に立ってもおかしくない。能力も家系も問題はないはずだ。

猫猫たちは少し気まずくなってしまう。

「まあ、劉ちゃんは賢いし、私より優秀だから問題ないんだけどね。私が主上の主治医とか恐れ多いからね」

「主上の主治医。胃がいくつあっても足りませんね」

（主上の主治医）

確かに絶対やりたくない仕事だ。名誉はあるだろうが、それ以上に責任が伴う。もし、病にかかりぽっくり逝《い》くようなことがあれば、処刑という名の殉死をさせられるだろう。現に、羅門は皇族の医療に関わって肉刑に処されている。

（呼び戻されて、また処されることがありませんように）

猫猫は茶を淹《い》れながら、ふうと息を吐く。

「おっ、そういえば」

老医官は立ち上がり、机の上から紙包みを持ってくる。

「これ、猫猫に来ていたよ」

「……この手のものって、最初に渡すものじゃないんですか？」

「悪いねえ。私はもうおじいちゃんだからすぐ忘れてしまうんだよ」

猫猫は包みを受け取った。

その表には大きく『辞令』と書かれていた。

三話　辞令

辞令の内容は部署の異動だった。

猫猫《マオマオ》が新たに配属された場所は、宮廷で一番大きな薬の保管庫である。猫猫と同様に配属されたのは想定された顔ぶれだった。

「昨日ぶりですね」

「昨日ぶりだなあ」

猫猫と同じように保管庫を管理している三人、長先輩、短先輩、中同輩だ。

「俺、落ちたと思っていたのに」

ちょっと意外な顔をしているのは中同輩だ。昨日の試験では、薬の調合について羅門《ルオメン》に駄目出しされていた。

指定された時間ちょうどに、羅門がやってくる。羅門の横には介助役がついており、大事にされているのがわかった。

「さて、昨日の試験の合格者は君たちだけど、早速お仕事をしてもらおうかな」

羅門は調合の指示書を置く。

「しばらくこの通りに薬を作っておくれ」

そういうわけで、猫猫たちは連日、ひたすら薬を作らされることになった。

(ごりごりごりごーり)

ここ数日ずっと製薬のみで、手に薬研《やげん》だこができそうだ。

(楽しいからいいけど)

猫猫たちが作らされるのは、配合は変われど、ほぼ同じ生薬を使うことが多い。化膿《かのう》止め、血の巡りを良くするもの、消炎作用があるもの。

(もう少しいろんなものを作りたい)

それは猫猫のわがままなので黙っておこう。

「一体、何を作らされているんでしょう?」

中くらいの背の同輩の医官が言った。年齢はまだ若く猫猫とさほど変わりない。弱冠《はたち》をいくつか越えたくらいだ。天祐《ティンユウ》と同期らしく、たまに話しているところを見た。

「大黄《ダイオウ》牡丹《ボタン》皮湯《ピトウ》に多少調合を変えているなあ」

血のめぐりを良くする薬だ。

集められた三人の医官と猫猫。老師《せんせい》である羅門は、今日は後宮《こうきゅう》の医務室に寄ってから来るらしい。

「他のはなんでしょうか？」

中同輩は、一番知識が少ないためか積極的に聞いてくる。

「甘草《カンゾウ》に芍薬《シャクヤク》、芍薬甘草湯だなあ」

身長が高い先輩医官、長先輩が答える。長先輩が積極的に質問に答えてくれて、背が低い先輩医官の短先輩は、気になった時だけ意見を言うことが多い。

「そうですねえ」

猫猫も同意する。

「筋肉のけいれんを抑える薬ですよね」

「腰痛、腹痛にも作用する」

「腹が痛い時、具体的な場所を探るのにも使う」

（循環器系かと思ったけど、消化器系か？）

大黄牡丹皮湯《ダイオウボタンピトウ》は便秘や腹痛にも作用する。月経不順にも使われるので、女性に処方することが多い。

（何の病気かなあ？）

いっそ、薬を飲ませる患者たちの元に行けばわかるのにと猫猫は思った。

そして教え子たちに、そういう考える能力を付けさせないわけがないのが羅門である。

「今から薬を届けに行くよ。みんなも来なさい」

遅れてやってきた羅門は、来るなりそんなことを言った。すでに、外には馬車が用意してあり、出かけることは決定事項だ。

馬車に乗ること四半時《三十ぷん》。都の郊外の屋敷に着いた。屋敷といっても派手な様相ではなく、ただ広いだけの簡素な家である。

周りは住宅街だが、家の周りには庭木が多くて中が見えないようになっていた。

「荷物を運んでおくれ」

羅門の声で、医官三人が荷物を運ぶ。荷物はさほど多くなかったので、羅門の隣に猫猫が立ち、歩くのを補助する。介助役はいつもついているわけではないらしい。

（おじゃましまーす）

屋敷に入るなり、独特の薬の匂いがした。白い前掛けをかけた男が出迎えてくれた。

「お待ちしておりました」

「薬と、手伝いの者も連れて来ました。説明はこちらでするので、元の仕事に戻ってください」

「かしこまりました」

羅門が説明すると、男は自分の仕事に戻る。

「手伝いって？」

「そのままの意味だよ。病人を看《み》るのは嫌かい？」

「そんな意味じゃないけど」

猫猫はどう質問していいのかわからない。

（何のためにこんなことをするのか、いや誰のために、か）

ここで簡単に口にしていいのかわからないので、おとなしく羅門についていく。

奥の大部屋には、寝台が並べられていた。患者は十代から四十代くらいまで、全員男だ。寝台の間には衝立《ついたて》が立てられ、私的空間が作られている。看護が行き届いているのか、布団も着ている寝間着も清潔そうだ。

（顔色が悪い。寝台の近くに桶《おけ》がある。嘔吐《おうと》用か？）

患者の職種はさまざまのようだ。手足が節くれだったり日焼けしたりしているのは農民だろうか。指にたこができているのは代書屋かもしれない。性別以外はこれといって傾向はなさそうだ。

（薬の投薬実験に付き合うくらいだから）

それほど裕福でないことはわかる。

白い前掛けを着けて歩き回っているのが、医療関係者だろうか。

「薬を持ってきましたよ」

羅門が関係者らしい男に声をかける。

「ありがとうございます」

「せっかくなので在庫確認も兼ねて補充させてもらうけどいいかい？」

「はい。よろしくお願いします」

猫猫たちは、炊事場の傍《そば》にある薬の在庫置き場に案内される。そこには、まだ新しい薬棚が二つ置かれていた。

「仕分けするから薬をくれるかい？」

「はい」

羅門は薬をどんどん棚に補充していく。薬はすでに個包装されており、一回分ずつに分けられている。

（やることないなあ）

医官たち三人は猫猫に雑用を押し付けたりしないので、気を付けないと暇になる。猫猫は手持ち無沙汰に、周りを確認した。

元々はただの民家のようで、急ごしらえで診療所にしているようだ。乳鉢や薬研《やげん》、粉ふるいに薬匙《やくさじ》など、おなじみの道具がある。

（ここでも薬を作っているのか？）

猫猫は鼻を鳴らす。

（あんま薬の匂いはしない。代わりに甘い匂いがする）

猫猫はくんくん鼻を鳴らしつつ、土間に下りた。竈《かまど》にかかっている鍋を見ると、どす黒い粘性の液体が入っていた。

（煉蜜《れんみつ》か）

水分を飛ばした蜂蜜、すなわち煉蜜は丸薬を作るのに使う。使うが、肝心の混ぜ込む生薬の類《たぐい》が見当たらなかった。

あるのは小麦粉や蕎麦粉《そばこ》といった普通の粉だ。

「蕎麦粉……」

猫猫はそっと粉が入った袋から離れ、口元を手ぬぐいで覆う。猫猫は蕎麦を食べると呼吸困難になるからだ。下手に粉を吸い込んだら困る。

「猫猫や！　勝手にいろんな物をいじってはだめだよ。こちらに戻ってきなさい」

「はい」

羅門が少し慌てているのは、蕎麦粉があることを知っていたからだろう。猫猫の口元が布で覆われているのを見て、遅かったと顔で語っている。

他にも変なところが多い。

二つの薬棚は、全く同じ形をしていた。薬の名前が書いてあるが、どちらの棚も同じ引き出しに同じ薬の名前が書いてある。

（なぜわざわざ二つに分ける？）

猫猫が疑問に思っていると、白い前掛けをかけた男がやってきた。

「そろそろ投薬の時間です」

「そうかい」

羅門が薬棚から離れると、男は先ほど補充した薬を五つ取る。そして、隣の全く同じ薬棚の同じ引き出しからも、薬を五つ取って出て行った。

妙な行動を疑問に思うのは猫猫だけではない。

「漢《カン》医官」

手を上げたのは長先輩だった。

「もう一つの薬棚の中身を確認してもよろしいですか？」

「いいよ」

羅門の了解を得て、長先輩はもう一つの薬棚から包み紙を取って開く。猫猫や他の医官たちものぞき込む。

「猫猫や。おまえは遠くからにしておきなさい」

羅門に言われて、猫猫は身構える。

包まれていた丸薬は褐色をしている。よく見ると中に黒い粒が見えた。

「……もしかして、蕎麦粉《そばこ》？」

「も含まれているだろうね」

小麦粉や蕎麦粉に染料を混ぜて生薬に似せた丸薬だ。いや、薬ですらない。

「つまり効用がない薬もどきがこちらの棚に入っているということですか？」

中同輩が声を荒立てる。

「声が大きいよ」

「しかし！　なんで、そんなことをするんですか？」

「なぜそんなことをするのか、考えてみてごらん」

羅門に、考えてごらんと言われると考えるしかない。

羅門は、相手が考えたらわかる問題しか出さない。わからないのなら、情報を見落としているにすぎない。

（さっき、五袋ずつ取っていった。患者が十人いたとして、半分ずつ薬を分けている）

患者たちはこちらで治療を受ける際、それなりの待遇を受けていた。食べ物も良いものが与えられているだろう。

（環境を同じにして薬の効果を確かめる）

薬ではなく、清潔な環境と栄養がある食事によって改善した可能性もある。そうなると薬の効用かどうかわからないので困る。

だから、二つの型《パターン》を用意する必要がある。

「猫猫や、わかったかい？」

「はい」

羅門が猫猫に訊《たず》ねるので、三人の医官たちも猫猫に注目する。

「どう思う？」

「環境や食事の変化ではなく、薬の効用を確認するために二つの組に分けて調べているのだと思います。同じ環境で同じ病状を持っている人たちが、薬の有無で違いが出るかどうかを確かめるためです」

羅門は笑みを浮かべるが、納得していない。

「あと、あえて効用があるであろう薬と、薬もどきを用意したのは――」

「はい、そこまで。他に答えたそうな子がいるから、そちらに答えてもらおうね」

猫猫は少し消化不良になりつつ横を見る。短先輩がきりっとした顔をしていた。

「衣食住だけでなく、気持ちも同じにするためです。病は気からと言うように、逆に薬も気からということもあり得るからです。薬を飲んでいるからという安心感で本当に病気が治った気になるからです」

「正解。不思議なことに、薬を飲んでいるという気持ちによって、薬が効いていると体が錯覚することがあるらしいんだ。それを揃《そろ》えるための丸薬がこれさ」

羅門は偽丸薬をつまむ。

わざわざ色も似たようなものにする芸の細かさだ。

「君たちには普段の薬の生産に加えて、ここで患者の容態《ようだい》の記録も交替で行ってもらおうと思うけどいいかい？」

『わかりました』

猫猫たちは声を揃える。

（具体的に何をやるのかわかったのはいいけど）

結局、何が目的で投薬実験を行うのかは、聞けずに終わってしまった。

四話　投薬実験

羅門《ルオメン》の指示の下《もと》、猫猫《マオマオ》たちは郊外の診療所に通うことになった。とはいえ、四人が四人ずっと張り付くのは無駄である。すでに看病する人員はいるし、薬も宮廷の医務室で作る方が効率がいい。

「二人ずつ交替でいいだろうか。診療所では記録と患者の看病を、宮廷ではいつも通りの薬作りを」

まとめてくれるのは長先輩だ。誰か一人、仕切ってくれる人がいると助かる。

「どういう組み合わせで行くんだ？」

「一応、年長組は分かれたほうがいいだろう」

（そりゃそうだなあ）

年長二人はしっかりしているので、危なげな後輩の面倒をちゃんとみてくれるはずだ。

「まずは猫猫と私からだな」

最初に、猫猫は短先輩と組むことになった。基本、先輩後輩の組み合わせで行き、たまに入れ替えを行うということに決まった。

「よろしく頼む」

「よろしくお願いします」

短先輩は長先輩に比べると口数は少ないが、優秀なのが見てわかる。年齢は三十を過ぎたくらいで、おそらく同年代の長先輩より知識は豊富だ。薬の作り方も丁寧で、そつがない。手先が器用そうなので、外科手術も得意だろう。

（手術もできそうなのに）

こうして薬師《くすし》の真似事をしているのは、猫猫と同じく薬が好きなのだろうかと思う。

短先輩は、顔立ちは凡庸《ぼんよう》で背が小さいことから、某算盤眼鏡《ぼうそろばんめがね》を思い出すが、こちらはまともな大人である。

「さて、行こうか」

「はい」

宮廷から郊外の診療所へ移動する場合、荷物もあるので馬車を用意してくれる。歩いて行けない距離ではないが、途中繁華街を突っ切ることもあり、掏摸《すり》に遭うことも少なくない。武官ならともかく身なりの良い文官が歩くと、鴨《カモ》にされてしまう。

猫猫たちは診療所に着くなり、持ってきた薬を補充する。

「早速、看病に入りますか？」

猫猫は袖が邪魔にならないように紐《ひも》を用意している。袖をくくりつけて、動きやすいたすき掛けにする。

「いや、その前に記録から確認しようか」

短先輩は記録が書かれた冊子を手にする。

猫猫はのぞき込む形になる。木簡ではなく紙で保存されているのは、書かれている内容が多いからだろう。だが、あまりいい紙を使っていないのか毛羽立ちが見えた。

（やぶ医者から安く売ってもらえー）

やぶ医者の実家は紙を作っているので、猫猫は時々上質な紙を安く卸《おろ》してもらう。

冊子には患者の名前は書かれていないが、年齢や体格、職業などが細かく書かれていた。

「最初は今よりずいぶん患者が多かったようですね」

投薬実験を始めたのは一か月ほど前のようだ。患者の数は三十人ほどだった。今はその三分の一しかいない。診療所の広さの割に人数が少ないと思ったが、そういうことだったのかと猫猫は納得する。

「虚言でやってきた者がいたようだな」

「いそうですね」

薬の開発のためとはいえ、無料で治療が受けられて衣食住を約束される。募集されている病に該当する、と称してやって来る者もいただろう。

「あと、薬では対処しきれない者も出て行っているな」

「ええ」

投薬では治らないと判断された場合、この診療所を出ている。

「何の病気だと思う？」

「……盲腸炎《もうちょうえん》ですかね」

「私もそう思う」

冊子には明確な病名が書かれていない。あくまで似たような傾向の患者を集めただけで、必ずその病気とは限らないからだ。

「盲腸炎」

猫猫は何度か薬を処方したことがある。その時渡した薬は、今ここの診療所で患者に与えられている薬と同じ物が多い。

（盲腸炎かあ）

猫猫は唸《うな》る。

その名の通り盲腸と呼ばれる部位の炎症だ。薬で症状を和らげることはできるが、あくまで対症療法だ。軽い症状なら良くなる者もいるが、ひどくなると炎症部分が膿《う》んで体内に毒をまき散らす。そうなると、他の病を併発して死亡率は高くなる。そこまで行くと半分以上は死ぬと聞いた。

珍しい病気ではないので、治療法を研究するのは悪いことではない。ただ、宮廷医官を使って大掛かりな投薬実験を行っている。

(他にも二班に分かれていた)

分けられた二班も盲腸炎《もうちょうえん》の治療を研究しているのだろう。

そうなるとある疑問が浮かぶ。

(この実験は誰のためにやっているのか?)

猫猫は聞きたくても聞けない質問であるとわかっていた。

「何の病であれど、私たちの仕事をするか」

「はい」

猫猫は短先輩の言葉に従う。出ない答えを探るより、今は動くのが一番だろう。

まず、全体の確認。病人たちを簡単に診《み》てまわる。

患者がいる大部屋は二つ。五人ずつに分けられているが、本物の薬組と偽薬組に分かれているわけではない。

(さすがに薬の分類ごとに分けるとおかしいよな)

投薬の際、薬を間違えないようにしないといけない。

食事は一日三回。粥《かゆ》といった消化にいい食べ物ばかりだ。汁物の具材も細かく刻まれ、じっくり煮込まれて溶け込んでいる。物足りないように見えるが、栄養も考えて肉と骨からしっかりと出汁《だし》がとられていた。

盲腸炎でなくとも胃腸がおかしいのであれば、消化の良い食べ物は基本だ。

記録を確認しながら猫猫は情報を整理していく。

病人たちに聞かれないように、猫猫たちは炊事場のほうへと移動する。

「やはり、患者の容態《ようだい》は本物を投薬した人たちのほうが落ち着いていますね」

「偽薬組にも炎症がおさまった者もいるが、少ないな」

「体力がある人でしょうね」

この手の実験では、人数が多ければ多いほど正確な結果が得られる。人間の体で試すので個体差があるが、被験者を増やすことでより中間に近い数値を出すのだ。

（羅半《ラハン》がいたら率先してやりそうだなあ）

だからといって呼ぶわけがない。

「医官さま」

「なんだい？」

猫猫は書き物をする短先輩を呼ぶ。一対一なので『医官さま』で通じるのがいい。今更、名前を聞くのもどうかと思っている。

「盲腸炎の場合、薬で治らなかったら具体的にどのような処置を行いますか？」

あいにく、猫猫はその治療は習っていない。専門はあくまで薬である。

「開腹して、中に溜まった膿《うみ》を取り除く」

「根本的解決になるんですか？」

「ならないんじゃないかな」

短先輩は他人事《ひとごと》のように言った。

「その手術はしたことがありますか？」

「したことない。たぶんできない」

短先輩は気まずそうに筆の軸で首の裏を掻《か》く。

「どうしてですか？　得意そうに見えますけど」

短先輩の手先は器用に見える。関係あるかどうかわからないが、こうして書いている字も上手い。

「……駄目なんだ」

「駄目？」

「血、無理……」

恥じらうように短先輩が言った。

「ああ」

猫猫はものすごく納得してしまった。

誰しも苦手な分野はある。仕方ない。

「本当は医官なんて合わないんだよ」

しかし短先輩は代々医療に携わる家系で、いや応なしに医官試験を受けさせられたらしい。いっそ、落ちてしまえば楽なのに、血が苦手なところ以外は優秀なのだ。

「正直地獄」

変に才能があるのに、適性がないとなると難しい。

「ご愁傷《しゅうしょう》さまです」

猫猫はそう言うしかない。

そんなわけで薬の実験場となった診療所で、二人は役割分担をすることにした。

血が駄目な短先輩と蕎麦《そば》が駄目な猫猫なので、互いに苦手な分野を補うことにする。投薬治療なのでそうそう血を見ることはないのだが、偶然厠《かわや》に行く途中誤ってこけた患者が額をぱっくり割ったことがあったので、猫猫が診《み》た。

代わりに偽薬を作るのは短先輩に任せている。

一見しっかりしていそうな短先輩だが、こうして弱点を見つけると妙に親近感がわいてしまった。

五話　復元書

初日の診療所勤務を終えて、猫猫《マオマオ》は宿舎へと帰る。宿舎の前には雀《チュエ》が待ち構えていた。

「どうも猫猫さん」

「どうも雀さん」

猫猫は雀が何のために来たのか理解し、彼女が手招きする方へと向かう。案の定、馬車が置いてあり、そのまま乗ることになる。

「今日は誰の呼び出しでしょうか？」

壬氏《ジンシ》か阿多《アードゥオ》のどちらかだろう。

「今日は、月の君ですねぇ。あと、中には先客がいますからー」

「先客？」

馬車の窓からぎょろっとした目が猫猫を見る。

「どうも、娘娘《ニャンニャン》」

「……」

天祐《ティンユウ》がいた。

天祐と猫猫が壬氏に呼び出される理由は、一つだけ心当たりがある。

（華佗《カダ》の関連か!?）

猫猫は顔がにやけそうになった。天祐の先祖には、皇族でありながら禁忌《きんき》を犯した医官がいる。その先祖が残した書が先日見つかった。

（確か修復しているって言ってたなあ）

猫猫はうずうずしながら馬車に揺られる。思わず鼻歌も漏れる。

「なんか娘娘、気持ち悪くない？」

「そういうこと言っちゃいけませんよぅ。近所の小父《おじ》さんとかに教わらなかったんですかあ？」

「劉《リュウ》医官には何度か怒られた」

雀と天祐がこそこそと話す。あえて猫猫に聞こえるように言うのがこの二人らしい。

（なんとでも言え）

猫猫の心は『華佗の書』でいっぱいだ。一体どんなことが書かれているのだろうか。

「さて、ここから歩きですよぅ」

馬車が停まったのは壬氏の宮の前ではない。

「今日はこちらですよぅ」

壬氏の執務室の近くだ。勤務時間外は宮に案内されることが多く、執務室に行くのは久しぶりだ。

「ねえねえ、娘娘は今何をやっているの一？」

天祐はいつも通りうるさかった。だが、天祐の疑問はそのまま猫猫の疑問でもある。

（こいつも今、何やってんだろ？）

猫猫と同じく選抜試験に合格したなら、何かしら辞令が出ているはずだ。

「そちらこそ何をやっていますか？」

「あててごら一ん」

天祐は手のひらを見せる。猫猫はじっと天祐の手のひらを睨《にら》み、雀も真似して睨む。

（たこができてる）

剣を持つ者の手のひらに剣だこができるように、筆を持つ者は指の側面にたこができる。天祐のたこは筆だこではなく、小刀を握ったものだろう。

（人差指の腹が赤くなっている）

赤い線が縦に入っていた。長時間小刀を握っていたことがわかる。

医官が小刀を使うのは、皮膚を切開するときだ。遺体の腑《ふ》分《わ》けをしていたのだろうか。

（いや、違うな）

天祐の目がきらきらを通り越して、ぎらぎらしていた。猫が、毛玉の玩具ではなく生きた鼠《ねずみ》を見つけた顔だった。

「生きた人間でも手術したのですか？」

「ふぉっ」

天祐の反応から、猫猫の読みは正解だったとわかる。

雀の前で外科手術の話をするのはどうかと思ったが、彼女に隠し事をしても無駄だし、何より医官たちが何をやっているのかくらい心得ているだろう。気にせず話すことにした。

投薬実験で病が治らなかった患者を手術していると考えられる。

「開腹して、排膿《はいのう》しているんですか」

「娘娘って読心術でも心得ているの？」

天祐はわざとらしく『きょとん』と首を傾げてみせる。全然可愛くない。なお、雀も真似して傾げてみせるが、愛嬌《あいきょう》がある分ましだ。

話しているうちに、壬氏の執務室に近づいた。

（なんかなつかしーなー）

猫猫が壬氏の下女だった時代、散々磨いた窓や廊下だ。何度も官女《かんじょ》たちに絡まれた。

もう暗くなりかけているので、廊下を歩く文官たちはいない。

（そういえば、執務室の場所は宦官《かんがん》時代と変わらないんだなあ）

猫猫は今頃、そんなことに気付いた。皇弟《おうてい》とわかったのだから、もっと違う場所に移動するかと思ったがそうでもない。いろいろと便利な場所なのだろう。

執務室の前には、護衛が二人。雀が挨拶すると、通れと言わんばかりに扉の前から離れる。

「失礼しまーす」

天祐は普段と変わらぬ様子で執務室へと入る。

猫猫も息を整え、中へと入る。

(落ち着こう。華佗の書の話だと決まったわけじゃない)

しかし、入るなり目にした人物を見て、猫猫は落ち着こうにも落ち着けなかった。華佗の書とは別の意味で興奮する素材がいた。

「お久しぶりです」

慇懃《いんぎん》な態度で頭を下げるのは、弱冠《はたち》に満たない青年だ。だが、柔和《にゅうわ》な顔立ちで騙《だま》されそうだが、名前は虎狼《フーラン》。獰猛《どうもう》な名前がついている。

猫猫は飛び蹴りでも食らわせたい気持ちになり、体も半ば動いていたが雀にしっかり手を掴《つか》まれていた。

「はい、どーどー。気持ちはわかりますけどぅ。どーどー」

雀は力が強い。片手だけで猫猫を抑える。

「腕の、腕の一本くらいは」

へし折らせてくれ、と猫猫は訴える。

「堂々とはいけません。せめて月のない夜を待ちましょう」

虎狼は、猫猫が戌西州《いせいしゅう》を逃げ回り、盗賊に命を狙われた原因を作った男だ。その流れで雀も利き腕を壊しているので、雀も恨みがある。

「お二人とも、顔が怖いです」

当の虎狼は毒気のない笑みを浮かべているので、より目障りだ。

猫猫は毛を逆立てて威嚇《いかく》する。

「ふふふ、俺より嫌われてるー」

天祐は、嬉しそうだ。嫌われていることを地味に気にしていたらしい。

先日も狩猟地で会ったが、まだこんな野郎が壬氏の執務室にいるのが腹立たしい。

「来たな」

壬氏が椅子に座って待っていた。横には護衛として馬閃《バセン》がいる。執務室の隅っこに妙な帳《カーテン》で仕切られた場所があるので、そこには馬良《バリョウ》がいるのだろう。

「ごきげんよう、月の君。ところで、この場にふさわしくないかたがいるようですが、さっさと追い出さないのでしょうか？」

猫猫は慇懃な態度で壬氏に言った。

「俺じゃないよね？」

天祐が自分で自分に向けて指をさす。残念だが、今日のところは天祐ではない。天祐よりも不届き者がいる。

「ふさわしくないかたとは誰ですか？」

虎狼が素知らぬ顔で言った。

「物事を客観視できないといけませんよぅ。鏡でも用意しましょうか？」

雀も援護してくれる。

「雀さん雀さん、私、鏡を持ってますよ」

猫猫は懐から小さな銅鏡を取り出す。

「さすがですねぇ、猫猫さん」

そんな二人のやりとりを、壬氏は呆《あき》れた顔で見ていた。

「言いたくなる気持ちは大変わかるが、前にも言ったとおりこいつは有能なんだ。我慢してくれ。あと監視の意味もある」

「えっ、さっきから何か言われているのは、僕ですか？」

虎狼は見た目だけは幼い可愛らしい顔を驚かせる。

壬氏は少し遠い目をした。一応、表向きは西都の主の弟なので、無下《むげ》にできないのだろう。

「すみませんが、獣《けだもの》のような輩《やから》と会話する時間はありません。本題に入りませんか？」

猫猫は気を取り直す。

「ところで何の用でしょうか？　言うまでもなくあれですよね、あれ、あれ」

「説明は受けていなくとも、何の用かは想像がついているみたいだな。ともかく落ち着いて座れ」

壬氏は犬にお座りを躾《しつ》けるような手振りをした。

猫猫はそわそわしつつ長椅子に座る。天祐も同じ長椅子に座るが、猫猫との間にはちゃっかり雀が収まる。

「なんで雀さんが座るの？」

「ここで体を張る、とても素晴らしき雀さんなのですよぅ」

雀はそう言って壬氏に向かってぱちりと片目を閉じてみせる。壬氏は何も言わないが、雀を見て頷《うなず》いている。

官女《かんじょ》がいないので、虎狼が茶を入れている。猫猫は横柄に足を組んで、苛立《いらだ》たしげな態度を見せた。差し出される茶に何か毒でも入ってないか、睨《にら》みつつ匂いを嗅ぐ。

「娘娘、態度悪いよ」

天祐が「いっけないんだー」とわざとらしく言った。

「相手に応じた態度をとっているまでです」

猫猫は言い切る。天祐もまた壬氏の前でかなり砕けた態度をとっていた。猫猫と同じく「虎狼にはここまでだったら許される」という線引きをしているのだろう。

「残念なのですが、今日は毒を入れてないんですよ」

申し訳なさそうに虎狼が言った。

「そうですねぇ。毒入りなら猫猫さんが喜び、虎狼も月の君に処刑されて万事うまくいくのに」

「雀小姐《ねえさま》は本当に僕に厳しいですね」

猫猫以上に雀と虎狼がばちばちにやり合っている。馬閃は「またか」という顔をしているので、毎度このやりとりをしているのだろう。

このままでは話が進まないと、猫猫は壬氏を見る。

「話を進める前に、猫猫に言いたいことがある」

壬氏が神妙な面持ちになった。

「なんでしょうか？」

「まず落ち着け」

「落ち着いています」

「あわてるな」

「あわてていません」

「気を確かに」

「気は確かです」

「準備はいいか？」

「はい」

猫猫はさすがにこれだけ言われたら落ち着いているはずだと思った。思ったが——。

壬氏が桐《きり》の箱を取り出す。蓋を開けると、白い紙の上にぼろぼろの紙があった。

「復元した華佗の書だ」

「か……だ……？」

猫猫は一瞬止まり、そして奇声を上げた。

「ふぉおおおおおおお！」

いや、わかっていた。わかっていたが、やはり名前を聞くと興奮が止まらない。

「落ち着いてないねー」

「猫猫さん、どーどー」

天祐と雀が両側からのぞき込む。

猫猫はさっそくぼろぼろの書に手を伸ばしたが、壬氏に手をはたかれる。

「な、なにを……」

「補修してこれだぞ！　変に興奮して掴《つか》んで破れたら元も子もない」

「はい、わかっております。丁寧に扱います。ぜひ、ぜひ私に見せてください！」

猫猫は背筋を伸ばし、真剣な目で壬氏を見る。壬氏は猫猫に恐る恐る修復した書を渡す。

「元は経本《きょうほん》仕立てだったようですね」

「そうだ。今回は修復しやすいように途中で切っている」

経本《きょうほん》仕立て、もしくは折本という。その名の通り、紙を折り畳んで作られている。

猫猫はじっと修復した書を見る。途中、天祐が近づいてきたが、邪魔だと押しのける。

(疱瘡《ほうそう》、について書かれている？)

百年も前の書となると、文体もかなり変わってくる。字もところどころかすれているので読みづらいことこの上ない。だが、それを差し引いても読みたい内容が書かれている。

「百年前の疱瘡について書かれています」

ちょうど興味がある分野なので、齧《かじ》り付《つ》くように見る。対して天祐は解剖に関係しないので、興味が薄れている。

医術に大切なのは症例と、試した治療の記録の多さだ。何度も挑戦し、失敗し、より正解に近いものが今後の治療方針となる。昔の記録がこうして残っているのは貴重だ。

どうやって広まったのか、どんな治療をしたのか、詳細に書かれている。

(対処法については――)

ちょうどそこで頁《ページ》が切れている。続きはまだ修復していないのだろう。

「他の頁はないんですか？」

「現在、修復中だ。確認するか？」

壬氏は立ち上がり、指でくいっと「こちらに来い」と指示する。

執務室を出てそれほど歩くことはない。隣の隣くらいの部屋に案内される。

「ここは？」

独特のじめっとした空気が心地よい、紙の匂いが充満する空間だ。

人はほとんどいない。入口に一人と奥で作業している者が一人。時間外であることを考えると、特別に作業することを許されているのだろう。どんな作業をしているかと言えば、紙を水のようなものに浸し、くっついた頁を剥《は》がしているようだ。

照明の炎が揺らめく。場所が場所だけに燃え移らないように金属で囲われている。

（作業しにくそうだ）

しかし急げと言われて、しないわけにもいかないのだろう。

「特別に修復させている。内容が内容だけに、大っぴらに作業できないので、こんなにこじんまりとしているがな」

壬氏が説明する。内容もだが書いた人間も公にはできない。

「復元中の書はこっちだ」

猫猫は目を輝かせるが、どんなに目を細めても読めない。紙が黄ばんで字が滲《にじ》んでいる。揺らめく火の動きでぼんやりする。さっき見せてもらった書の一部は、あれでもかなり修復によって見やすくなったものだと痛感する。

「絵なら見やすいよー」

天祐に言われて他の復元中の書を見る。

紙が一枚一枚並べられていた。ぼろぼろで、しみや字の滲《にじ》みが見える。人体らしき絵も描かれている。

「……おお」

猫猫は目をまんまるにする。

生薬の絵が細かく描かれている。しかし、一番大きいのは腑分《ふわ》け図だ。細かく人間の内部が描かれている。部分的に滲んでいるが、字よりも見やすい。

(天祐の先祖とか言っていたな)

妙なくらいに血縁を感じてしまう。その天祐ときたら、「ほへえ」と滲んだ腑分け図を凝視している。

天祐と同じく猫猫も凝視する。

「……」

「……」

「……」

「なんか喋《しゃべ》ってくれ」

じっと書に見入る猫猫に壬氏が言った。

「すみません」

とか言いつつ、猫猫の目は修復中の書に釘付《くぎづ》けのままだ。

しかも絵を見る限りではさっきの頁《ページ》とは異なり、内臓の病で、盲腸炎《もうちょうえん》の記載のようだ。

そのためか、猫猫だけでなく天祐も無言になっていた。

「これは面白い書です」

「俺にはつまらんが」

壬氏は腑分けの絵に目を細めている。

「道徳をわきまえていないぶん、派手にやりちらかしていて、だからこそ面白い結果を得られています」

「人間としてどうなのか？」

壬氏は呆《あき》れながら相槌《あいづち》を打つ。

百年前というと、今とどれくらい人間の価値が違うだろうか。細かくばらばらにされた人体の絵を見て思う。

手術に成功したら成功例としてその後の経過が書かれ、失敗したらその後腑分けをして、絵に描いているようだ。

（無駄はない）

「患者は奴隷ですかね？」

「その可能性は高い」

人の腹を割《さ》くなど到底考えられぬ。たとえ死人であっても尊厳を守られるべきだ。それが一般人の常識だ。

現に、医官たちが人間の構造を知るために腑分《ふわ》けをする相手は、罪人に限られる。同じように実験的に手術を行う場合、よほどのことがない限り一般人を使うことはない。その当時の一般常識はわからぬが、罪人もしくは奴隷が研究材料となったと考えられる。

皇太后が今の帝《みかど》を産むときに腹を切開したのは、最悪皇太后が死んでも仕方ない、ということだったのだろう。

西都で小紅《シャオホン》の開腹手術をしたのも、死が差し迫っていたからだ。母親が反対した理由を猫猫はよくわかる。

しかし、今回はどうだろうか。

『開腹して、排膿《はいのう》しているんですか』

『娘娘って読心術でも心得ているの？』

このやり取りから、天祐はすでに生きた人間を手術したことがわかる。

(盲腸炎《もうちょうえん》の末期は)

死亡率が高い。排膿、体内に溜まった膿《うみ》を取り出すことで症状を少しでもましにする。なので、外科手術をすることに違和感はないが、あえて天祐という新人医官を使うのが気になった。指先の色から、受け持ったのは一人二人ではない気がした。

（こいつの腕は確かだけど）

新人医官の腕を上げるためとはいえ、受け持つ手術数が多い気がする。猫猫たちがいる診療所から来た患者だけではなかろう。

（まるで急きょ、経験を積ませようとしているような）

猫猫は、先日の投薬実験から思うところがあった。憶測が確信に至ろうとしている。

復元室には壬氏と雀、天祐がいる。少し離れたところに馬閃が護衛として立っていた。

雀が静かだなと思っていたら、やたら長い飴《あめ》を貰《もら》っていた。

「食べていいんですか？」

「さっき、だんなはまにもらひまひた」

やはり執務室には、馬良がいたようだ。雀がうるさくしないように餌を与えるのは、さすが仮にも旦那さまに違いない。

（ここで話していいものか？）

顔ぶれを見るに、猫猫はどこまで話していいものか考える。できれば、天祐の前では話したくない。

そうこうしているうちに時間が過ぎていった。

六話　病の主

猫猫《マオマオ》たちは、しばし復元室に留《とど》まっていた。

「ふんふーん」

天祐《ティンユウ》の鼻歌が聞こえてうるさいと思うが、似たようなことを猫猫もやっているだろうから反省しないといけない。

壬氏《ジンシ》はまだ仕事が残っているのか、いつの間にか消えていた。

邪魔な天祐はいるのに、肝心の壬氏がいないのが困る。

「さてさて、皆さま、そろそろお開きにいたしませんかねぇ。雀《チュエ》さん、まだ晩ごはんを食べていないんですよぅ」

雀は飴《あめ》を食べ終わったらしい。ぺろりと口の周りを舐《な》めている。

「月の君は、他の頁《ページ》の復元が終わったらまた呼ぶと言っていましたよぅ」

「俺もお腹空《なかす》いてきたなあ」

猫猫と天祐は復元室を出て帰ることにした。

「馬車をご用意しますねぇ」

「いいよ。最近は医務室で寝泊まりしているから」

「着替えくらいはしてくださいね」

猫猫は念を押す。医官が不衛生だったら元も子もない。

「わかってるー」

そのまま歩いていく天祐を見送り、猫猫は壬氏の執務室のほうへと戻る。

「どうしました？」

「確認したいことが一つ」

「かしこまりましたよぅ」

雀は了解、と猫猫の前を歩き、執務室の前の護衛に話しかけている。

「はいはい、どうぞぅ」

猫猫は壬氏の執務室にもう一度足を踏み入れた。

「どうした？」

壬氏は予想通り仕事の続きをしていた。

すでに馬閃《バセン》と虎狼《フーラン》はおらず、仕切りの奥に馬良《バリョウ》がまだいるかはわからない。護衛の武官はいるが馬閃ではなく、名前は知らないが壬氏が重用している者だ。

雀は猫猫の後ろにいる。

「いえ」

猫猫は壬氏の顔色をうかがう。

投薬実験からずっと気になっていた。何がと言えば——。

「壬氏さま。質問ですが」

「なんだ？」

壬氏は猫猫が周りを気にしているのに気が付いた。ちらりと周りを確認し、追い出すべき者がいないか見ている。

「現在、壬氏さまは何かご病気でしょうか？」

「そう見えるか？」

猫猫は壬氏をじっと見る。

「睡眠不足は以前に比べて解消、しかし過重労働は変わらず、若さを担保に元気を前借りしている。あと自傷癖あり」

「最後のは、いるか？」

「本当のことでしょう」

壬氏の横腹にはまだ赤い花の焼き印が残っているはずだ。猫猫は今から重要機密を話しますと匂わせた。それがわからぬ壬氏ではない。

「……」

壬氏はそっと手を上げる。

護衛が躊躇《ためら》いながら退室する。たぶん、馬良もすでに帰っているのだろう。

「私はどうしますかぁ？」

「おまえもだ」

「おやおや、ではお楽しみくださいませぇ」

雀は残念そうに部屋を出る。あとで至らぬ報告を水蓮《スイレン》あたりにしそうで怖い。

「単刀直入に言ってくれ」

「皇族の誰かが内臓系のご病気になっていますか？」

「なんでそう思う？」

「宮廷医官が主体となって、具体的な投薬実験が行われております。他に新人医官に執刀の経験も積ませています。そんな大掛かりなことをするのは、よほどの大物が病にかかっているとしか思えません」

壬氏は持っていた筆を置く。

「そのことに気付いている者は？」

「気づいていても黙っている者を集めているんじゃないでしょうか？」

猫猫は、選抜試験に集まった者たちを思い出す。医官の中でも優秀な者が選ばれていた。

（いや、一部例外もいるか）

天祐だが、あやつの場合、劉《リュウ》医官の監視が厳しそうだ。

壬氏は言葉を選ぶように黙っている。そんなとき、外から扉を叩《たた》く音がする。

「人払いしていないのか？」

壬氏が怪訝《けげん》な顔をする。

「見てきます」

猫猫が扉を開けると、苦労性でおなじみの高順《ガオシュン》がいた。その後ろで雀がのぞき込んでいる。

「雀さんの野性的な勘が働き、なんとなくお義父《とう》さまを呼んでまいりましたぁ」

雀はぴしっと妙な姿勢《ポーズ》を取る。急いでいたとしても呼ぶのが早すぎはしないだろうか。

「申し訳ありません。小猫《シャオマオ》が月の君のところにいると聞きまして」

「いや、いい。ちょうど俺も聞きたいことがあった。雀、下がっていいぞ」

「えっ？」

雀も居座るつもりだったようだが、壬氏は認めていない。高順は息子の嫁に菓子をいくつか持たせると、外に出した。

（高順と馬良、嫁の扱い方が同じ）

妙なところで父子を感じさせる。

「それで、高順。おまえはどうしてこちらに来た？」

「最近の医官たちの動きにより、察しがいい者は何が起きているのか気付いているかと思います。小猫ならこの段階で月の君に確認しているのではないかと思いました」

猫猫は、あまりにお見通しすぎて怖くなる。

「小猫が知りたいことは私のほうが詳しいかと思い、こちらに参った次第でございます」

（わざわざ私に説明しに？）

高順にしては積極的な態度に、猫猫は首を傾げる。

「帝《みかど》のご指示か？」

「いえ、私の判断でございます」

壬氏は高順の態度に唸《うな》っている。

「……わかった」

「では早速ですが、小猫に質問です。あなたは月の君に何を聞こうとしていますか？」

「さっき、壬氏さまに皇族の中に誰かご病気のかたがいないか聞いていたところです」

高順は壬氏のことを『月の君』と呼ぶ。とうに壬氏の従者ではなく、帝直属になっているのだ。

「帝はご病気なのですか？」

「はい」

高順は躊躇《ためら》いなく答える。

（想定していたけど）

認められると、どんと気持ちが重くなる。

「主上のご容態《ようだい》は今、どうなのですか？」

「小猫はどう思いますか？」

高順は質問で返す。

「……あくまで私の推測ですが」

「お約束の台詞《せりふ》だな」

壬氏が言った。猫猫は自分の見解を答えだとは思っていないので仕方ない。投薬実験に参加している患者の病を見ての予測だ。

「……主上は、盲腸炎《もうちょうえん》ではないかと推測されます。理由は、現在宮廷の医官たちが盲腸炎の薬の効果を確認しているからです。また、盲腸炎であっても慢性的なものではないかと推測されます」

「なぜ、慢性的なものだと思う？」

高順の代わりに壬氏が訊《たず》ねる。

「薬の効果を確かめるには時間がかかります。急性の盲腸炎であれば、今更投薬実験を行う時間などないはずです。もしくは、一度盲腸炎になってから治り、また再発の危険性があるのなら、調べることもあるでしょう」

高順は頷《うなず》く。

「正解は後者です。主上は一度盲腸炎にかかりましたが、その時は投薬で治りました」

「では、現在そのときの症状が出ているとでも？」

「はい。当時、私が主上の補佐に入っていましたので」

　高順の言葉には重みがあった。

（帝《みかど》の補佐ということは、壬氏が後宮《こうきゅう》の管理に入る前か）

　ということは、まだ代替わりをする前だと言える。

「具体的にいつ頃かかっていたのですか？」

「十年以上前です。それ以前にも慢性的な腹痛がありましたが、その頃はさらに吐き気、発熱の症状がありました。当時の首席医官に心的負荷《ストレス》が原因の盲腸炎だと言われ、煎《せん》じられた薬を飲みつつ、食事を変えることで落ち着きました」

　盲腸炎の原因はいろいろあるので必ずしもそれとは言い切れない。だが、当時の首席医官が言うのなら、それだけわかりやすい強い心的負荷がかかっていたのだろうか。

「心的負荷の原因はわかりますか？」

「はっきりどれとは言い切れませんが、主上は東宮《とうぐう》として、父である先の帝よりもその帝の母君と議論することが多かったかと」

「……」

（つまり女帝と喧嘩《けんか》していたと）

　女帝相手では、誰であろうと胃に穴が開く勢いで心的負荷を受けてしまう。

猫猫は実際に先の皇太后こと女帝を見たことがないのでよくわからないが、逸話を聞く限り只者《ただもの》でないことはわかる。

巷《ちまた》の噂《うわさ》では、女帝の晩年は東宮《とうぐう》であった現帝との諍《いさか》いも多かったと聞く。

「あと小猫が聞いてどう思うかわかりませんが」

「なんでしょう？」

「その時、主上の側についたのが羅漢《ラカン》殿でして」

猫猫は口をあんぐり開ける。

「ろくでもねえ」

「本音が零《こぼ》れているぞ」

壬氏が思わず猫猫に突っ込む。

しかし、聞いてみれば頷《うなず》ける話だった。変人片眼鏡《モノクル》は十七年、いや十八年前に西都から中央に戻って来た。そこから出世するには、大きな後ろ盾が必要となる。そこに自分よりも若く女帝と対峙《たいじ》する東宮がいれば、肩入れすることで勢力を強めることは考えられる。なにより後宮《こうきゅう》爆破など好き勝手やりすぎている男が、なぜ無罪放免なのか疑問だった。

（主上の弱みを握っていたか）

妙なくらい辻褄《つじつま》が合った。

「むしろ心的負荷《ストレス》の原因はその片眼鏡の中年だったのでは？」

「そちらの意見は控えさせていただきます」

高順は逃げた。

「では現在主上はその当時と同じ症状を抱えているわけですね」

「はい。劉医官、漢《カン》医官が問診を行う限りでは、まだひどい状態ではなかったのですが」

漢医官、おやじこと羅門《ルオメン》のことだ。

「まだ治る気配がない、どころか次第に悪くなっているわけですね」

高順は頷く。

投薬を続けて治る気配がなければ、外科処置をしなくてはいけない。

(玉体《ぎょくたい》に傷をつけるか)

猫猫でもわかる。それはたとえ手術であっても死を覚悟しなくてはいけない。成功しても何を言われるかわからない。変ないちゃもんをつけられて死罪にされかねない。

相手が天上人である以上、皇太后の帝王切開とは重さが違いすぎる。

猫猫は無意識に頭を掻《か》いた。

養父である羅門もだが、劉医官のような立派な医官がどうしようもない理由で罰せられることがあってはいけない。

「なんでまた再発なんて。どんな原因が――」

猫猫の視線はそっと壬氏に移る。正しくは壬氏の脇腹にだ。

（こいつだー!!）

壬氏はぎゅっと唇を噛《か》みつつ、脇腹を押さえる。自覚がある様子だ。

猫猫は帝《みかど》の立場になって考える。帝の弟ということになっているが実際は息子である壬氏。そいつがいきなり腹に焼き印を押して妃《きさき》を取らない宣言するわ、その後、西都に行って一年帰って来ないわと、想像を絶する心的負荷《ストレス》をかけまくっている。

他にも頭が痛い話はいっぱいあるはずだが、壬氏がかなり大きな比率を占めていると猫猫は思う。

とはいえ、壬氏からすると、帝は兄であって父ではない。壬氏はまだ自分の出生の秘密については知らないはずだ。そのすれ違いがあるからこそ、焼き印を押すという暴挙に出られたのだと猫猫は思う。

さて、ここで病の原因を追究しても意味がない。

「高順さま、私などの意見が何か役に立ちますか？」

「はい。多方面から話を聞きたいもので」

「多方面ですか」

高順ともなると、帝の病については上級医官から話を聞くことになる。逆に、それより下の医官の話は聞きにくい。できるだけ考えが偏らぬよう、猫猫のような下《した》っ端《ぱ》の話も聞きたいのだろう。

もしくは、上級医官が嘘《うそ》を言っていることも想定しているのかもしれない。善意にせよ悪意にせよ、患者の病を隠すことは珍しくないからだ。

「高順がこうして動くということは、やはり相当悪いのか？」

「よくなりませんね。そろそろ誤魔化すのが難しいかと思います。顔色が悪いのは白粉《おしろい》で隠すように気を付けていますが、そろそろ感づく人も出てくるでしょう」

「周りに気付かれたら大騒ぎでしょう」

本来なら病人のことだけ心配したい。だが、皇族となれば違う。その健康状態によって周りが大騒ぎする。

「主上に何かあれば国中が荒れるだろう」

壬氏のつぶやきはもっともだ。東宮《とうぐう》はまだ五つにもなっていない。摂政《せっしょう》になるとすれば、玉葉后《ギョクヨウきさき》の父、玉袁《ギョクエン》である。

遠い西の地の血筋を引く東宮を嫌う臣下も多い。ならば、同い年の皇子である梨花妃《リファきさき》の男児を皇帝にしたいと考える者も多かろう。それ以上に、担《かつ》ぎ上《あ》げられるとすれば――。

齢《よわい》二十二、皇帝の同母の弟である壬氏だ。

（荒れる。めっちゃ荒れる）

壬氏が玉座《ぎょくざ》に興味がなくとも、周りが黙ってはいない。腹に焼き印があるから無理なんて言い訳はできない。

せっかく皇后派、皇太后派の小競り合いがおさまったと思ったのに、もっと大きな爆弾があった。

(これじゃさらに心的負荷《ストレス》溜まってしまうな)

周りを心配させないために病を隠すことで、さらに病がひどくなる。

(帝《みかど》は病人である前に帝なのだ)

どんな病になろうとも帝という立場にある限り、全うしなくてはいけない。そこに病人だという甘えがあってはいけない。

帝とは天の上の人であり、地に住む人と同じではない。

高順は乳兄弟《ちきょうだい》として帝の容態《ようだい》を気にかけているようだが、それでも臣下という立場だ。

その臣下は、猫猫に何をやらせたいのだろうか。

「高順さま。私にこのようにべらべら話しても問題ないのでしょうか?」

「周りにべらべら話すような性格ですか、小猫は?」

前にも似たような問答をした気がする。

「わざわざ帝の容態を教えてくれなくてもいいんですけど」

「情報を貰《もら》ったら与えないと失礼でしょう」

高順は相互扶助《ギブアンドテイク》を言っているようだが、実際は違う。

「医官さまたちが正しい情報だけを話すことを信じております」

猫猫はこれだけしか言えなかった。

「わかりました」

高順はそう言って帰って行った。

久しぶりの三人での対面だったが、以前とは立場が違うのだと改めて感じた。とはいえ、帝の味方が誰もいないよりはずっといいだろうと、前向きに考える。

（それはそれとして）

猫猫は高順を見送り、横目で壬氏を見た。

「壬氏さま、どうするんですか？」

「どうするって言われても」

猫猫は壬氏に近づくと、人差し指を立てて壬氏の脇腹に突き刺した。

「うぉっ⁉」

「反省してください」

「……重々承知している」

壬氏は脇腹を押さえて言った。

七話　男の浪漫《ロマン》

帝《みかど》の病。そんな重要機密を知った翌日も、仕事は変わらずにある。今日は短先輩ではなく、長先輩と組む日だ。

「よろしくお願いします」

「おう、よろしく」

長先輩は短先輩に比べてくだけた口調だが、背が高いので威圧感がある。猫猫《マオマオ》と並ぶとでこぼこな印象だが、李白《リハク》に比べると厚みが薄くて細長い。

今日は、宮廷で一日薬作りだ。

「昨日からまた調合が変わっているから、注意してくれ」

「わかりました」

猫猫たちは石臼《いしうす》でごりごりともち米を粉にしつつ話す。途中、変な物が混ざらないように粉づくりも猫猫たちがやることになった。ここで作られた薬のいくつかは、帝に飲ませるためだろう。

石臼から出てくる粉はきめ細かだ。細かすぎるので、吸い込まぬように二人とも布で口を覆っている。

「白粉《おしろい》としても使えそうですねえ」

「白粉？　米の粉がか？」

「ええ、鉛白《えんぱく》入りの白粉よりも安全ですよ」

「鉛白ってあれだろ、何年か前に後宮《こうきゅう》で禁止されたってのだ」

「そうですね」

猫猫にとって忘れられない事件である。

「そういや、猫猫は後宮女官《にょかん》だったって本当か？」

（名前知っているのか）

こっちは知らずに、勝手に心の中であだ名を呼んでいて申し訳ないと猫猫は思う。

「はい、二年もいませんでしたけど」

長先輩は興味津々な目をしているが、手は休めない。

「なあ、一つ質問いいか？」

「なんでしょう？」

「後宮って、やはり美女ぞろいなのか？」

直球の質問が来た。直球すぎて今まであんまりなかった質問なので、逆に新鮮に思う。

「それはまあ、妃《きさき》は皆お美しいですし、女官たちも」

後宮に入る際、ある程度選別されている。もちろん猫猫のようなはずれが交じることもあるが、平均以上の子がほとんどだ。

「ほうほう」

「でも、期待するような世界じゃありませんよ」

猫猫ははっきり言っておく。

「女子《おなご》がきゃっきゃうふふと戯《たわむ》れ合うだけの場所ではありませんでした」

時に、毒を盛り盛られ、悪口陰口が飛び交い、髪を掴《つか》み合う取っ組みあいの喧嘩《けんか》もある。あと、同性や宦官《かんがん》との情事にふけることもあるが、そこは曖昧にしておいたほうがいいだろう。

「はっきり言うなあ」

「それは帝《みかど》の限られた寵愛《ちょうあい》を奪い合う場所ですから、みんな仲良くお手々つなぐわけにはいきませんもの」

まだ、玉葉后《ギョクヨウきさき》や梨花妃《リファきさき》といった上に立つ者たちに良識があっただけ良い環境だった。それでも、争いがないわけではない。

（先帝の後宮とかひどそうだ）

想像するだけで鳥肌が立ってしまう。現に、先帝が買った恨みでいろんな問題が起きていた。

「いや、しかしなあ」

長先輩としてはまだ夢を捨て切れないらしい。真面目そうな先輩たちでも、話しているうちに俗っぽい面が見えてくる。

こうして話しながら仕事をしていると、上官に叱られそうだがそうでもない。医官の仕事には、相手の話を聞きながら情報収集する技術も必要だからだ。手元さえ狂わなければ、話しても問題ないらしい。

「そういえば、先日、皇后を初めて目にしたのだがお美しかった」

「お美しいでしょう」

猫猫は少しだけ鼻を高くする。翡翠宮《ひすいきゅう》の人たちには、今でも身内意識がある。

（玉葉后は帝《みかど》の病状を知っているのだろうか？）

知っていたら心配し、病状回復を願ってくれるだろうか。いや、それ以上に帝が倒れたときを想定して、その後のことを考えるだろう。

皇后は帝の妻とは言い難い。だが、東宮《とうぐう》の母であることは確かなのだ。

「そのお身内の娘も美しかった。異国の血を引いているとあれだけ美しい髪になるのだなあ」

（お身内の娘？）

一瞬、鈴麗《リンリー》公主《ひめ》かと思ったが違う。おそらく玉鶯《ギョクオウ》に送り込まれたという養女のことだろうか。

「異国人だからとは限りませんけどね。赤毛は珍しいですよね」

猫猫は玉葉后くらいしか、はっきりとした赤毛を見たことがない。戌西州《いせいしゅう》ではそれらしい髪色の者とすれ違うことはあったが、ほとんど見られなかった。赤毛は金髪や銀髪よりも少なかったので、かなり珍しい色なのだろう。

「そういや、後天的に赤毛になる場合もあるって知っているか？」

猫猫はぴくりと耳を動かす。

「心的衝撃で白髪になるとかそういうものですか？」

激しい恐怖体験をすると髪が一晩で真っ白になるという話がある。実際はそんな短い期間で真っ白になるわけがないが、心的な影響で白髪が増えるのは珍しくない。

「いや、私が聞いたのは栄養失調だったなあ」

「栄養失調」

となると、毛髪を作る時に必要な栄養が足りないのだろうか。

「足りない栄養は肉ですか？」

髪や爪の栄養源は肉や魚と聞く。

「そうだな。髪の色が抜け、金髪や赤毛になるらしい」

らしいと言うので、見たことはないようだ。しかし、話自体は面白いと猫猫は思った。

養父の羅門《ルオメン》からいろんな話を聞いたり、書物を読むことはあるが、それでも知らない話はある。

「面白い話が聞けました」

猫猫は石臼《いしうす》から落ちてくる粉をかき集める。

「他に何かありませんか？」

猫猫は目をきらきらさせて他の話をせがんだ。

「先輩に無茶振りするなあ。何かと言われても――」

長先輩は石臼を回しながら唸《うな》る。後輩の頼みを聞いてくれる良い先輩だ。

「肉や魚と言えば――」

「何かありましたか？」

猫猫は目を輝かせる。

「ああ。せっかくなんで問答形式でいこうか」

「問答形式ですか？」

別に猫猫は勝ち負けにこだわらないので、答えられなくてもいいと頷《うなず》く。

「じゃあいくぞ。昔、他国と戦《いくさ》をしていた我が国が惨敗したことがあった。軍を指揮していた武人は、とても頭が切れて常に状況を把握し、物事を判断する人物だったらしい。斥《せっ》候《こう》を差し向けて相手の陣地を調べ、勝てる見込みがあって仕掛けた戦だったらしいが、どうして負けただろうか？」

「……そういうのは専門外なんですけど」

猫猫は想定と全然違う話が来て、眉間にしわを寄せる。

「示唆《ヒント》ください」

「もう少し考えろよ」

「専門外ですから」

石臼をごりごり、粉をさらさらとかき集めながら話す二人。

「示唆は肉だ」

「肉？」

猫猫は首を傾げつつ、唸る。

（肉、肉、肉……）

（特別な罠《わな》にかけられたとかそういうのではないのか？）

肉は直接関係なかろう。

（栄養状態？　いや）

猫猫は手の粉をはたき落とす。もち米の粉は白粉《おしろい》に使えそうなほどきめ細かくて白い。

ぬかが混じらぬよう、わざわざ精米した米を石臼で粉にしている。

「……ぬか」

ぬかは繊維が多く、整腸作用がある。ふと薬としての効用を思い出すのは猫猫の癖だ。

（整腸作用）

猫猫はぱちんと大きく手を叩《たた》く。

「わかったか？」

「ええ。その頭が切れる武人とやらは相手の隊の規模を読み間違えたのではありませんか？　敵部隊に送った斥候《せっこう》が部隊の規模を調べる方法を間違えたんだと思います」

「どうしてそう思う？」

「相手が肉をよく食べる者たちだったからだと。敵部隊の規模を知るのに、敵方の排泄物《はいせつぶつ》を調べる方法があると聞いたことがあります。肉を主食とする場合と、穀物を主食にする場合、肉食動物より草食動物の糞《ふん》のほうが量が多いですから」

繊維質の食物を摂取していた場合は、糞の量が増える。時に二倍、三倍も違う。白米よりも玄米のほうが、さらに繊維質は多い。

自分たちの基準で排泄物の量から敵の人数を予測して、それが完全な読み違いだったというわけだ。

長先輩は両手で丸を作る。

猫猫はちょっと気分がよくなった。

「他になにかありませんか？」

「もっと別に聞くことはないのか？」

長先輩は呆《あき》れたように言った。

(他に聞くことねえ)

ふと猫猫は、選抜試験の時に会った医官を思い出す。翠苓《スイレイ》に気があった医官だ。

「先輩は、薬の管理は長いんですか？」

「うーん、五年くらいかなあ」

「じゃあ、前に管理を担当していた人ってわかりますか？　三年くらい前だと思いますけど」

翠苓が自殺に見せかけて消えたのはそのくらい前だった気がする。

「もしかして泰然《タイラン》のことか？　選抜試験の時に、猫猫にからんでいたみたいだったが」

「見ていたんですね。なんで助けてくれないんですか？」

猫猫は少しむっとする。

「しつこいようなら助けたが、すぐに離れただろう？」

確かに泰然とやらは、すぐに諦めてくれた。

「知り合いだったのか？」

「知り合いというか、知り合いの知り合いというか。以前自殺した官女《かんじょ》と、顔見知りだったんです」

「あー、あの事件かー。翠苓とかいう官女《かんじょ》の」

長先輩は妙に納得した顔だった。

「あいつ、その女に求婚するとかなんとか言っていたんだ」

「求婚ですか？」

猫猫は一層哀れに思えてきた。翠苓は完全に利用するつもりでいただろう。その時の翠苓の立場を考えると、『子《シ》の一族』には逆らえなかったので情状酌量《じょうじょうしゃくりょう》の余地はあるが、巻き込まれたほうはたまったものではない。

「あいつを利用するために近づいたらしいな。身長はでかいが綺麗《きれい》な顔立ちのお嬢さんだったもんな。しかし、そん時は大変だったぞ。薬の在庫管理を全部署でやり直さなくちゃいけないし、こっそり作っていた薬草畑は破棄されちまったし、泰然は降格されたし」

「薬草畑……」

猫猫はぎゅっと唇を噛《か》む。実は、医官付きになれば薬草畑を任されるのではないかという淡い期待があったが、完全に消えてしまった。

「仕事に私情を挟んだのが悪かったな。けっこう腕は良くて麻酔関連は強かったんだ」

「麻酔ですか」

猫猫は耳をぴくりと動かす。

「ああ。ここの医官たちは、怪我《けが》の多い武官たちに我慢しろとか言ってあんまり使わないだろ。でも、本当は毒性や依存性が高いから使いたくないというのもある」

「わかります」

なので、猫猫も西都で小紅《シャオホン》の手術をするのに苦労した。最悪、痛みで暴れても取り押さえて手術を決行する気でいた。

「泰然はその毒性と依存性を理解し、できるだけ患者に負担がない配合を割り出すのが得意なんだよ」

「すごく有能ですし、泰然医官が毒性に詳しいならそれを早く言ってください」

猫猫は鼻息を荒くして長先輩に詰め寄る。泰然にいろいろと話を聞きたくなった。翠苓が近づいたのも、彼の知識が目的の一つだったかもしれない。

「いや、なんで俺が怒られるんだよ」

猫猫につっこみつつも、長先輩は機嫌を損ねたわけではない。医官の中でもかなり精神が落ち着いた人なのだと猫猫は思う。

（美人に弱いところはあるみたいだけど）

この年齢の男性なら許容範囲内の面食いだ。美人局《つつもたせ》で身を持ち崩す性格ではなかろう。

「なんか今回の投薬実験もだけど、誰かお偉いさんが大病を患《わずら》っているんだろうな」

（やっぱり気付いているか）

皇帝とまでは思っていない。思っていたらここで軽々しく口にしないだろう。

「手術するなら泰然が麻酔を受け持てばいいのに。あいつなら、いい配合を割り出してくれるはずだけど」

「降格のせいで外されているんですね」

「そうだな。魂が抜けちまったというか、いろいろ、手を抜くようになった。今回の試験も本来なら受かっていてもおかしくないのに」

「ほうほう」

「あっ。猫猫が駄目だというわけではないからな」

「ありがとうございます」

「ちょっと話しすぎたな。少し急ぐか」

「はい」

長先輩は石臼《いしうす》を回す速度を速めた。

八話　麻酔

『華佗《カダ》の書』の追加復元ができたという報告の文を受け取ったのは、ちょうど猫猫《マオマオ》が非番の日だった。

空いた日に来るようにと文に書かれていたので、早速向かう。本来なら文を送ってから行くところだが、そんな余裕はない。

「今から向かいますと伝えてください」

文を持ってきた使いにそのまま伝言を頼んだ。

（かっ、だっ、の、書！）

というわけで、猫猫はうきうきしながら、壬氏《ジンシ》の執務室に向かう。正しくは、執務室近くの復元室だ。

猫猫が跳ねるように歩いていたら、周りからじろじろ見られた。猫猫は、一度深呼吸をして、兎《うさぎ》のように飛び跳ねたい衝動を抑えた。

抑えて正解だった。

猫猫の前を白い服を着た三人組が歩いている。一人は杖《つえ》を突き、老女のような背中をしていた。

「……」

猫猫は首を傾げつつ、復元室に向かう。三人組は猫猫の前をずっと歩いている。結果、目的地が一緒だということがわかる。

「猫猫や。今日は休みじゃないのかい？」

羅門《ルオメン》だった。あと劉《リュウ》医官ともう一人、名前を知らない上級医官がいる。

「なんでおやじがいるの？」

「おやじじゃないよ。漢《カン》医官と呼びなさい」

劉医官もいぶかしげに猫猫を見ている。

そんな猫猫たちに足音が近づいてくる。

「こうもすぐやってくるとは思わなかった。わかっていたらちゃんと時間をずらしたのに」

壬氏だ。後ろには何が楽しいのか、にこにこしている虎狼《フーラン》がいる。

「書の復元ができたと聞いて」

どうやら、羅門たちを呼んだのは壬氏らしい。

（貴重な書だものなあ）

猫猫に見せる前に、劉医官に見せるのはおかしくない。華佗の書を見つけたからといって猫猫には所有権などない。最初に見せろと言うのはお門違いだ。

「中に入ってもよろしいでしょうか？」

「どうぞ」

壬氏に言われ、劉医官たちは復元室に入っていく。

「猫猫さまは入らないのですか？」

「近づくんじゃねえ」

ひょこっと猫猫の前に顔を出した虎狼に、歯茎《はぐき》を見せつける猫猫。

壬氏が虎狼と猫猫の間に入る。

「虎狼近づくな。猫猫、その顔はやめろ」

壬氏が嫌な顔をする。

「やめさせるとしたら、こいつの職だと思います」

猫猫にとって虎狼は嫌いな人等級《ランキング》で、羅半《ラハン》を抜いた上位にいる。

「こんなのでも役に立つんだ。困ったことに」

「はい、僕は役に立ちます」

また、ずんと猫猫に近づく虎狼。壬氏は離れろと、虎狼の顔を押さえた。

「ああ。月の君が僕の顔を……」

（やっぱこいつ、羅半に似てる）

猫猫はぞわっとした。

「虎狼、おまえは下がっていろ。代わりに馬閃《バセン》はいないか？」

「かしこまりました」

虎狼は即座に消えた。妙な素早さはどこか雀《チュエ》っぽい。

猫猫は天敵が消えたことで少し落ち着く。

「劉医官たちを呼ぶということは、復元した箇所に重要な記述でもあったんですね」

「そうだ。似たような症例の腑分《ふわ》け図を中心に復元している。あいにく、俺にはそれが役に立つのかどうかは判断できないが」

「役に立つと思いますよ」

猫猫は部屋の中に入る。復元した書を凝視する三人の医官は、真剣そのものだった。劉医官も羅門も医療の知識は飛びぬけている。もう一人の上級医官も優秀に違いない。

「くだらない書だったら、あんなに集中しないでしょう」

「そうだな」

壬氏はどこかほっとした声で言った。

（さてさてー。私も）

医官たちの後ろでちらちらと見ていく。

盲腸炎《もうちょうえん》の症例が多いが、その中でよく誤診する例として、虫垂炎《ちゅうすいえん》が挙げられると書いてあった。

（虫垂って、あの蚯蚓《みみず》みたいな部分のことだな）

症例には失敗例もあった。失敗の多くは、すでに合併症を起こしていた。

（炎症が破裂すると痛みが一時的に引くのか）

患部が腫《は》れているので圧迫されて痛みがあるのだろう。排膿《はいのう》することで痛みが引くのと同じ原理のはずだ。

復元した書をもっとじっくり見たいが、三人が三人とも齧《かじ》りつくように見ているので、よく見えない。猫猫は、医官たちが見終わった頁《ページ》に向かう。

（腑分け図じゃないな）

植物の絵が描かれている。

「これって……」

猫猫は目を細める。

復元された書にはこう書かれていた。

「麻沸散《マフツサン》」

猫猫はぎゅっと拳に力を入れる。

複数の生薬が書かれているが、確認できる名前は一つだけだ。頁の一部は欠けており、復元もできない。

「なんだそれは？」

壬氏が訊《たず》ねる。

「名前だけは聞いたことがあります。神医が作ったとされる伝説の麻酔薬ですね」

猫猫は、別の頁《ページ》を凝視する羅門に近づく。

「おやじ」

「おやじじゃないだろう？」

「漢医官、盲腸炎《もうちょうえん》の手術をする際、麻酔はどうするのですか？」

「いきなり何を言い出すかと思ったら」

羅門は困り顔で隣にいる劉医官の袖を引っ張る。猫猫の発言にどう答えようか確認するようだ。今の時点では主上の病や手術について公にされていないからだろう。

「麻酔だとさ。どうなってる？」

「麻酔についてはまだまだ研究中だ」

答えるのは、名前も知らない上級医官だ。

「鍼《はり》で痛みを抑える予定だが、それだけでは難しい。他に経口投与の麻酔薬の配合を考えている」

つまり未完成ということになる。

「毒性と依存性が高いので、安全な麻酔は難しいんですよね」

猫猫は、長先輩が言っていたことを思い出す。

「なんだ、その顔は。おまえなら適切な麻酔ができるとでもいうのか？」

「いえ。知り合いに詳しい人がいるので、確認してもよろしいでしょうか？」

「……そいつは麻酔薬を作れるのか？」

壬氏が確認するように聞いた。

「わかりません。材料はほとんど読み取れず、効用もどれほどあるかわかりません。でも、私はこれに詳しい人を一人知っています」

「誰だ？」

猫猫は笑った。

唯一読み取れた原材料には『曼陀羅華《マンダラゲ》』と書かれていた。

九話　適材適所

数年前、自殺したように見せかけて宮廷から逃げ出した女がいる。

翠苓《スイレイ》、三年前に族滅させられた『子《シ》の一族』であり、先帝の孫娘でもある人物だ。

その特殊な生まれと過去の過ちにより生存を公にできず、現在は阿多《アードゥオ》の下《もと》にいる。

そんな彼女は、医療の知識がある。人間を仮死状態にする蘇《よみがえ》りの薬は、彼女と彼女の師匠が作ったものだ。

その材料の中に、猛毒である曼陀羅華《マンダラゲ》も含まれる。

阿多は上級妃の地位を降りて後宮《こうきゅう》を出ている。現在は離宮で暮らしていた。

（住むところが違うだけで、後宮とどういう違いがあるのだろうか？）

猫猫《マオマオ》が思ったところで口にできない。

馬車は、阿多がいる離宮の中へがらがらと入っていく。

「あははは」

「まってよー」

子どもたちの声が聞こえる。子の一族の生き残りの子どもたちで、翠苓とともに阿多の保護の下《もと》にある。

花街《はなまち》で悪戯《いたずら》ばかりやっている趙迂《チョウウ》も本来ならここにいるはずだった。しかし、蘇りの薬の副作用で記憶がなくなってしまい、他の子どもたちとは別の道を歩むことができた。

ここにいるのは、子の一族の記憶がある限り、表には出せない子どもたちだ。

（すっげー長い目で見ないと）

寿命を考えると、阿多のほうが早く死ぬ。阿多が保護した子どもは数人だが、病気や怪《け》我《が》でもしない限り阿多より早く死ぬことはなかろう。秘密を保持したまま、最後まで彼ら彼女らの面倒を見る者はいるだろうか。

その子どもたちの中に、男が二人いる。いや、男の格好をした女人二人だ。阿多と翠苓は動きやすいからか、それとも趣味か、二人とも男装することが多い。

「阿多さま、お久しゅうございますぅ」

案内役の雀《チュエ》が挨拶する。

猫猫も同じように頭を下げる。

前回会った時は、阿多と壬氏《ジンシ》の関係についての告白だったので、猫猫は微妙な気持ちである。

「久しぶりというほどでもないがなあ」

阿多はそう言いつつ、侍女たちに子どもたちを遠ざけるように命じる。子どもたちは残念そうに侍女たちに連れていかれた。

（慕われているなあ）

この離宮に来るたびに猫猫は思う。

「移動しようか？」

「はい」

話の内容が内容だけに、別室で密談したいところだ。

猫猫は、翠苓に麻酔の話を聞きに来た。劉《リュウ》医官たちは、皇帝により良い治療を施すために切磋琢磨《せっさたくま》しているが、麻酔についてはまだ改良の余地が多い。

猫猫の提案を受けたのも、それこそ猫の手も借りたいからだろうか。

（いや、こういう場合は、藁《わら》にもすがる、か）

猫猫たちは離宮の一室に案内される。小さな卓に椅子が四つ、侍女は茶を用意すると部屋から出て行った。

部屋には阿多、翠苓、猫猫、雀の四人だけになる。阿多に座れと合図され、三人は椅子に座る。

「さて翠《スイ》に用事があると聞いたが、どんな用かな？」

阿多は足を組み、猫猫に訊《たず》ねた。

「翠……の、医療の知識を借りたいと思っています」

『翠苓』と本名を言うのはどうかと思って、猫猫も『翠』と呼ぶ。

「翠はどう思う？」

「私に意見などありません。阿多さまの命《めい》に従います」

「つまらん奴だなあ」

阿多は煙管《きせる》を手に持ち、くるくると回している。煙草《たばこ》を吸うわけでなく、ただ回したいだけのようだ。壬氏がよく筆を回すのに似ていた。

「翠に具体的にどんなことをさせたいのだ？」

阿多の言葉に、猫猫は持ってきた荷物を出す。薄い木箱で、蓋を開くと中に紙が一枚、湿気防止の炭と虫よけも一緒に入っていた。

「これは？」

「麻沸散《マフッサン》という薬をご存じですか？」

「……一度だけ耳にしたことがあります。眠らせて痛みを遠ざける薬、おとぎ話のようなものでしょう？」

翠苓は言葉を選ぶように言った。修復された紙片を黙読しているようだ。

「その薬が実在したとしたらどうしますか？」

「……どうもしません」

「曼陀羅華が入っていると言ってもですか？」

「ここに書いてありますね。しかし、薬ではなく毒でしょう？　何に使うんですか？」

猫猫と翠苓の会話に、阿多は傍観、雀は茶々を入れたくてうずうずしていた。

「外科手術のためですね」

翠苓は納得した顔で頷《うなず》く。

「手術の痛みを取り除くために一度、心の臓を止めようというのですか」

翠苓はかつて自分が作った蘇《よみがえ》りの薬の話をしている。

「そこまではありません。意識を失う程度にできないでしょうか？」

「やめておいたほうがよろしいでしょう」

翠苓は全く乗り気ではない。

「曼陀羅華は猛毒です。患者のために、痛みを感じさせないようにするのは至極理解できます。しかしこのように、私のような罪人にまで知恵を借りにくるということは、それだけ切羽《せっぱ》詰まった状況だと考えられます。どのようなお相手に対して使おうというのでしょうか？」

翠苓は鋭い。

「尊き方としか言えません」

猫猫の口からは言えない。

だが、阿多は察してくれた。

「ほほう。もしや、あやつの病でも再発したのか？」

（不敬だなあ）

阿多にとっての『あやつ』とは、皇帝のことだろう。

（さてさてどう答えるか？）

猫猫は、雀を横目で見る。彼女がにこにこするだけで話を止めようとしないので、このまま続けることにする。

「誰とはわかりませんが、当時の病状はどうでしたか？」

猫猫は名前を出さずに、阿多に聞いてみた。

「そうだな。体調不良が続いていたのを覚えている。私よりも医官たちの記録のほうが正確だろう。私が語れるとすれば、おばあ様との喧嘩《けんか》の内容くらいだ」

阿多はしっかり記憶しているようだ。

「ええっと、おばあ様。とてもお強いかただから、仮に『女帝』と言っておこうかな」

（まんまだわ）

雀は唸《うな》るが手で丸を作ったので、そのまま話を続ける。

「『女帝』とのですか？」

「女帝とは、まあわかりやすくていいだろう。聞きたいかあ？　御年《おんとし》八十を越えても、まだ政《まつりごと》の舞台から下りようとしないおばばと、反抗期の『東宮《とうぐう》』だぞ。当時のぎすぎすぶりは私のところにまで聞こえてきたし、毎度愚痴を聞かされる身にもなってもらいたかったが、本当に途中から苦しそうにしていた」

（『東宮』だなんて、普通に言ってしまってるー）

　雀は手でばつを作る。

「阿多さま、駄目ですよぅ。そこはちゃんと濁して言ってもらわないと。雀さんが報告に困るんですからねぇ」

「他に誰もいないからいいだろう。あとは雀が上手く誤魔化してくれ」

「もう。雀さん、残業になってしまいますよぅ」

「許せ許せ」

　阿多は煙管《きせる》を置き、茶椀に口をつける。

「どのようなことで諍《いさか》いがあったのですか？」

「……言っていいものかなあ。まあ、いいだろう。女帝は、晩年に痴呆の症状があったようだ」

　猫猫と翠苓はぴくっと反応する。雀だけは菓子に手を付け始めていた。

「それでは政など」

　不可能ではないかと猫猫は思った。

「いや、極端に何もかも忘れたわけではない。たまに、危うげなうっかりがある程度だったのだが――」

「危うげな事態でもあったようですね」

「ああ。十八年前の戌西州《いせいしゅう》と言えばわかるだろうか」

「……」

（どうしようもない話やんけ！）

昨年、猫猫たちが奔走しまくった話だ。

「当時、『戌《イ》の一族』の謀反《むほん》について文書が届いていたらしく、何かの手違いで先帝の印が押されていた。その件で、陽《ヨウ》……いや、今の皇帝が女帝の異常に気付いたのだ」

（怖い怖い怖い）

たとえ身内であれど、常に顔を合わせているわけではない。何より、国の最高権力者ともいえる人物に苦言を呈する者などいない。いくつか兆候があったとして、進言できるはずがない。

祖母が実権を握り、実父は傀儡《かいらい》、そんな中、東宮《とうぐう》としてなんとかやろうとしていたのなら、心的負荷《ストレス》は半端なかろう。

「でも一度は症状がなくなったのですよね？」

「ああ。いいことか悪いことかわからないが、女帝、そして先帝と、次々に亡くなられたのだ」

つまり心的負荷の原因が取り除かれたことになる。

「戴冠《たいかん》の儀式などで忙しかったが、仕事の引き継ぎは意外と楽だったようだ。あと、喪に服す期間に療養できたようだ」

「一応聞きますが、女帝の死の原因は？」

「安心しろ。暗殺の類《たぐい》ではない。年齢からして老衰だ」

「ですよね」

女帝は高齢だったし、先帝も六十を過ぎていた。自然死の線を信じたい。

「再発したとすれば、また何か悩みの種ができたのかな」

「悩みの種……」

猫猫は女帝以外の皇帝の身内を思い出す。一人いる。皇弟《おうてい》の肩書でありながら、一年も中央を離れて蝗害《こうがい》対策に奮闘していた人物がいる。

（皇帝も実子とあらば気が気でなかろう）

そして、阿多の実子でもある。

（阿多さまは知っているのだろうか？）

大切な息子が、腹にこんがり焼き印を押したことを。皇帝の心的負荷の大きな割合を占めているはずだ。

翠苓は、大きく息を吐く。

「なおさら、私の知識ではお役に立てるとは思えません」

改めて断ってきた。

「私の命《めい》なら聞くのではなかったのか？」

「阿多さまの命で尊きおかたに毒を盛ることはできません。私が扱うのは、蘇《よみがえ》りとは名ばかりの毒ですので」

「毒ではありません。用法を守れば薬です」

「阿多さまを陥《おとしい》れる者がいるかもしれません。そのときはどうするのですか？」

翠苓の話も一理どころか何理もある。阿多の離宮には、調べられると危ない要素がてんこ盛りだ。ただでさえ、阿多は妃《きさき》を廃されたというのに、後宮《こうきゅう》の外で囲われているという不思議な状態なのだ。

（派閥によっては、政敵と見なしてもおかしくない）

どうすればいいだろうか。

（何か説得する方法は……）

猫猫はふとある名前を思い出した。

「泰然《タイラン》」

猫猫には珍しく、他人の名前を憶えていた。最近、聞いた名前だったか。それとも、翠苓との挿話《エピソード》で記憶されていたのか。

「泰然……」

　翠苓は暗い顔にさらに陰りを見せる。

「はい。宮廷の医官です。三年前、彼はあなたのせいで責任を問われ、降格しています。元は優れた医官だったそうですね」

　翠苓は目をそらす。

「特に麻酔薬の配合にかけてはかなりの腕だったと聞きました。翠が泰然医官に近づいたのは、その知識を吸収するためだったのではないですか？」

「……」

　翠苓は無言だ。

　阿多と雀も黙ってその様子を見ている。

「彼はあなたのことを探していましたよ。どうしているのか知らないかと、私に聞くくらいに」

「私を殺したいでしょうね」

「いえ。むしろ心配しているように見えました」

　少なくとも猫猫は、泰然が翠苓に対して殺意を持っているようには感じなかった。

「降格処分となり、腑《ふぬ》抜けになっていましたよ。受かるはずの選抜試験に落ちるほど」

「彼に謝罪せよと言いたいのですか？」

「いいえ。私は絶対にあなたのことは話しません」

「話されたら、雀さん困っちゃいますよぅ」

雀は彼女なりに可愛い姿勢《ポーズ》を取りながら言った。

「証拠隠滅しなくちゃいけなくなっちゃうー」

「言いませんから、言いませんから。不穏なことを言うのはやめてください」

猫猫は雀に言い聞かせる。

「泰然のことは悪かったと思います。何より、彼の知識については尊敬していました」

（尊敬ねえ）

翠苓も素直に認めるところもあるのだなと猫猫は思った。

「その泰然医官に、あなたの知識を渡すのは駄目でしょうか？」

「役に立つかどうかわかりませんよ」

「ええ。でも少なくとも曼陀羅華の投薬実験の回数に関しては誰よりも多いのではないでしょうか？」

猫猫は、翠苓が多数の鼠《ねずみ》を犠牲にして実験をやっていたことを知っている。そして、己《おのれ》自身に薬を使った。彼女の震える手が薬を使った実験結果だ。

「症例は多ければ多い方がいい。これから行われる実験で、翠、あなたの記録を提供するだけでも、これから行われる実験の危険性を下げることができるでしょう」

猫猫は逃がさないとばかりに翠苓を凝視した。

「いきなり主上に試すわけではありません。麻沸散《マフッサン》を必要とする患者は他にもいるでしょう。その患者のために使うというのなら、どうでしょうか？」

現在やっている投薬実験とともに、手術の際に使えるかどうか試すこともできよう。そこに危険性があれど、痛みで何の処置もできないのに比べたらましかもしれない。

（帝《みかど》と市井《しせい》の民の命）

猫猫にとって思うところはあるが、目を瞑《つぶ》るしかない。

翠苓が諦めたように息を吐いた。

「やってくれるか？」

阿多が念を押す。

「……わかりました。しばらくお待ちください」

翠苓が了承したのを見て、猫猫はぐっと拳を握った。

「それで雀さんは義弟くんに言ったんですよぅ。家鴨《あひる》は今食べるのが美味しいと」

「そうだな、家鴨は若いうちが美味い」

翠苓を待つ間、阿多、猫猫、雀は駄弁《だべ》っていた。大体、雀が手品か家族ねたを披露してくれたので良かった。猫猫には、宮廷では受けが悪い花街冗句《はなまちジョーク》くらいしかなく、世間話をしたら余計なことを言いそうだった。

「しかしうちの家鴨《あひる》ときたら、ずる賢くて子どもたちを味方にするんですよねぇ。おかげで——」

「ただいま戻りました」

翠苓が紙の束を抱えて持ってきた。

「思い出す限りの資料です。過去の資料は全て燃えたので、記憶にある分だけです。抜けがあるかもしれませんが了承ください」

翠苓は猫猫に書き付けを渡す。曼陀羅華を代表とする毒草の名が並んでいる。

「普通に死にそうな毒ばかりですね」

「ええ。仮にも死を与える薬ですので」

「痛みは感じませんね」

「起きたら痛いですけどね」

翠苓はとことんやる気がない台詞《せりふ》ばかり吐くが、記述はしっかりしている。

「一応、砂欧《シャオウ》の知識もこちらに書かせていただきました。まだ検証はしていません」

砂欧は茘《リー》の隣国だ。砂欧の元巫女《みこ》も阿多の離宮で匿《かくま》っている。

「痛みを感じないようにするなら、他にも使える薬物があるのでは？」

翠苓が例を書いていく。

「これは駄目かと」

『大麻《タイマ》』と書いてあった。

「なぜです？」

「最初はよく効きますが、依存性があるのと、体が慣れると効き目が弱まります」

猫猫は否定する。

「熱酒とともに服用するのが一般的な使い方でしょう。何より初回なら十分効き目があるはずです」

「酒はどうかと思います」

「確かに、痛みは消えますが血のめぐりがよくなりそうですからね」

酩酊《めいてい》状態にすることで、痛みを麻痺《まひ》させるのだ。

完璧な麻酔薬など存在しない。状況に合った副作用の少ないものを、なんとか探し出すしかない。

「鍼《はり》はどうでしょうか？」

「それはすでに考えているみたいですね。体質によって効くかどうかは変わりますけど」

「鍼だけでは心もとないですね」

「さすがに単品では腹をかっさばくのには無理でしょうに。普通に意識を落としてしまうのは？」

「落とした相手は不敬罪で斬首では？」

「説明して我慢してもらう」

「痛みで暴れたら恐ろしい」

「そこをなんとか」

「できても周りが許しません」

「皇族って面倒くさい」

「同意」

後半は、猫猫も翠苓もぐだぐだになってしまった。

「翠もこんなに話すことがあるんだな」

阿多が茶を飲みつつ、しみじみと言う。

「阿多さま。あれですよぅ。愛好者同士は話が弾むんですよぅ」

雀は菓子を貪《むさぼ》り続ける。

「たぶん、私たちの話していることはすでに他の医官たちもやっていることでしょう」

翠苓は書き付けをつまみながら言った。

「どの医官も、何度も試しているのでしょう」

「そうですね」

医学に近道はない。症例と試行回数の数が物を言う。

「薬というのは難しい。量を半分にすれば、眠る時間が半分になるという単純なものではないですから」

「ええ。半端な量は全く効きませんもの」

猫猫も自分の手で投薬実験をしているのでわかる。

「私の個人的な意見を述べてもよろしいですか？」

翠苓は喋《しゃべ》りすぎて喉が渇いたのか、茶を飲みつつ言った。

「私は皇帝がどのような人かはわかりません。ただ、痛みに怯《おび》えて手術を拒否する人でしょうか？　処置方法さえ確立すれば、麻酔はそこまで重要視されない気もします。どちらかといえば、術前や術後のほうが大切かと」

「術前とは？」

術後はわかる。開腹手術のあと化膿《かのう》して死亡する例は多い。

「皇帝が手術をする気があるかどうか。周りがその手術を許すかどうか」

「……そこは私たちの仕事の範囲ではありません」

壬氏や高官が動くところだ。

「ですね。なので、麻酔のことは今後もわかったことを送ります。あなたは術後の薬について調べたほうが効率がいいでしょう」

「わかりました」

猫猫は書き付けを懐に入れる。

「その書き付けを見て、泰然が私のことを聞くかもしれません」

内容もだが、筆跡でばれることもある。

「その時は、あなたの部屋に残っていた遺品だと言っておきます」

「お願いします」

翠苓は泰然のことを尊敬しているのは本当だろう。だから、彼には関わってほしくないのだ。

「うっし！」

猫猫は両頬を手のひらで叩《たた》いた。

（やれることはやる。やれないことはまかせる）

自分でなんでもしようとは思わない。なんでもできると思うほど、傲慢《ごうまん》になれるほど、実力があればどれだけいいか。

猫猫はつくづくそう思った。

十話　僥陽《ギョウヨウ》

僥陽は生まれたときから、やることなすこと全て決められていた。

帝《みかど》のたった一人の皇子、それが僥陽に与えられた地位だ。

常に誰かに監視され、好き勝手にできることはほとんどない。かろうじて自由である時間と言えば、乳兄弟《ちきょうだい》たちと遊んでいる間くらいだった。

「お食事の時間です」

座りっぱなしの執務の終了を高順《ガオシュン》が伝える。二つ上の乳兄弟は、一時は瑞月《ズイゲツ》につけていた。

本来なら瑞月には、高順ではなく他の『馬《マ》の一族』の者を付けるべきだと言われていた。高順、当時は別の名で呼ばれていたが、僥陽の副官兼護衛として、その代わりになれる者はいない。

だからこそ、僥陽は瑞月につける必要があると思った。

昼餉《ひるげ》に用意されたのは、米粒も見えない粥《かゆ》と、具すらない汁だった。ここ半月以上、そんな食事ばかりで僥陽の体重はだいぶ減っただろう。少しこけた頬は、高順が用意した特製の白粉《おしろい》で誤魔化している。

粥《かゆ》とは別に、ちゃんとした料理も用意してある。

病人食だけ持っていくと、病では、と勘繰る輩《やから》もいよう。そのため普段の食事も持ってくるのだ。

「お食事の前にこちらを」

「……飲まねばならぬか？」

「飲まねばなりません」

高順は僥陽に薬を突き付ける。

独特の苦みを持った匂い。最初は味を誤魔化すために、果実水や蜂蜜を混ぜていたが、味は薄まるものの量が増えるのでやめてもらった。

薬を飲み干し、糊《のり》のような粥を匙《さじ》ですくう。肉と塩の味が染みた粥は、この形状でなければもう少し美味かっただろう。

僥陽は三口ほど食べて匙を置く。

「痛みますか？」

「聞くまでもなかろう」

慢性的な腹痛は、少しずつひどくなっている。微熱や吐き気をもよおすこともある。以前にもあった痛みなので、同じ治療を行えば問題ないと思っていた。しかし、治る様子はない。

「医官たちは何をやっている？」

「申し訳ございません」

「朕《ちん》の病を偽っているのではあるまいか？」

「その可能性は低いかと思います」

高順に当たったところで意味がないことはわかっている。ただ、誰かに吐き出しておかねば、公の場で口にしてしまうかもしれない。

僥陽が甘えられる相手は限られている、その一人が高順だ。

瑞月が高順の前では甘えてみせるように、僥陽もまた高順に甘える。

馬の一族の中でもよくできた男だと、僥陽は思う。

そんな中、足音が響いてきた。

扉の向こうから声が聞こえる。

「いけません。今はお食事中です」

「問題ない。私を誰だと思っている」

扉越しでもわかる声に、僥陽は冷めた気持ちになった。即座に高順は食べかけの粥を隠し、普段の食事と取り換える。

やってきたのは、五十路《いそじ》ほどの男を中心とした集団だ。細長い男で、年齢の割に若く見える。童顔なのは血筋なのだろう。

「お食事中、失礼いたします」

男はにこにこと笑いながら近づくが、間に高順が入る。僥陽の護衛たちも部屋の外から睨《にら》みを利かせている。

「失礼と思うようなら来なければよいだろう」

「ははは。手厳しい。伯父《おじ》に対してもそのような仕打ちですか」

伯父、つまり僥陽の母、安氏《アンシ》の兄だ。名を豪《ハオ》という。

「ふむ。つまりおまえは、伯父であるから朕《ちん》の昼餉《ひるげ》の邪魔をする権利があるというのだな」

僥陽は豚の角煮を箸で突き刺す。

「いえいえ、滅相もありません」

大きく手を振って否定する豪だが、退室するつもりはない。

安氏自身はそれほど権力欲がある人間ではない。しかし、実家は違う。

外戚とはいえ、反吐《へど》が出そうになるほど欲深い家だ。

幼子《おさなご》にしか興味がない先帝を籠絡《ろうらく》するために、安氏を送り込んだ。安氏は実家の目論見《もくろみ》通り僥陽を身ごもり、皇后、そして皇太后の地位についた。

女帝、僥陽の祖母である先の皇太后はその野心に気付いていた。だから、彼女が存命の間は、僥陽の外戚であろうとも重要な地位につくことはなかった。

しかし、女帝が死に、僥陽が即位してから大きな顔をし始めた。安氏の父はとうに死んだが、腹違いの兄がでしゃばるようになった。

外戚ということもあって、強く言う者は周りにいない。『子《シ》の一族』がいなくなってからは、さらに増長している。

『玉《ギョク》の一族』を取り立てるのは豪たちに対抗させるためでもある。卑怯《ひきょう》だと思われても、そうするしかない。臣下が一強になるのは避けたい。

安氏は異母兄についてはあまりいい感情は持っていない。僥陽も同じ気持ちだが、それを表に出すのは良くない。

僥陽が不平を漏らすだけで、飛ぶ首はいくらでもある。

「しかし、もっと楽しく食事をすればよいものを」

僥陽の食事を見て、豪は言った。そこにあるのが粥《かゆ》と汁だけの質素なものであれば、怪しまれたであろう。

「毒見役を用意する手間が増えるだろう」

僥陽は、無理やり肉を口に押し込み、杯を掲げる。高順が丁寧に葡萄酒《ぶどうしゅ》を注いだ。

「ええ、どこの誰がお命を狙うかわかりませぬ。特に、西の民やその血を引く者は野蛮でしょうから」

豪が何を言いたいのかわかる。豪は今の東宮《とうぐう》が気に食わない。血筋としては、異母妹である安氏の孫なので、自身は大伯父《おおおじ》だと言える。だが、東宮の母は玉葉《ギョクヨウ》だ。同じ東宮の外戚であっても、今後は玉の一族が権力を持つことになる。

ただでさえ豪は焦っているだろう。邪魔な女帝がいなくなって権力を振るえるかと思いきや、身内である安氏は消極的だ。さらに、野蛮な西の民と見下している一族に先に名が与えられている。

以前から、遠まわしに名が欲しいと言われていたが、僥陽はずっと無視していたのだ。

「たとえ伯父であろうとも、東宮や血筋についてとやかく口を出す真似はやめてもらおう。すでに朕《ちん》が決めたことだ」

「そうですね。そうでした。申し訳ございません。ですが私には、とりあえず東宮に据えただけ、というふうに見えたと言ったらどうでしょうか？」

豪は目を細める。拱手《きょうしゅ》に隠れた口元は笑っているように見えた。

「梨花妃《リファきさき》の最初の御子《みこ》の時もそうでした。最初に生まれた男児、ゆえに東宮にと」

「梨花は上級妃だ。何か問題があったというのか？」

「いえ、滅相もない。ただ、思うのですよ。もし、最初の御子がご存命であればと」

「終わったことだ」

僥陽は杯を揺らす。中の葡萄酒《ぶどうしゅ》には口を付けず、揺蕩《たゆた》う赤い液体を見ている。

とうに終わったこと。阿多《アードゥオ》との子は亡くなったことになっている。豪にとって、阿多との子が生きていれば好都合だったろう。後ろ盾のない阿多の後見人になれば、また次の代も大きな顔ができよう。

そして、困ったことにそれは僥陽の願いでもあった。

「ええ。きっと凛々《りり》しい青年に育ったことでしょう。瑞月さまのように」

「……」

僥陽は無言で豪を睨《にら》みつけた。だが、その視線は遮《さえぎ》られる。

「っ!?」

豪は目をむいていた。彼の鼻先には剣が突き付けられている。

誰が突き付けているかといえば、高順だ。普段、寡黙《かもく》で眉間にしわを寄せている苦労性の男、さらには恐妻家とくれば侮る者もいよう。しかも、瑞月のわがままで七年近くも宦《かん》官《がん》の真似事をしなくてはいけなかった。

腑《ふ》抜《ぬ》けと言われても涼しい顔をしていた男が、豪に剣を向けている。

「ど、どういうつもりだ!?」

豪の護衛たちが反応する。皇帝の部屋ということもあって帯剣は許されていないが、屈強な護衛は三人いた。

「そのままお言葉をお返しします。なぜ、月の君の名を口にして無事でいられると思うのでしょうか？」

高順の視線は、剣の切っ先よりも鋭く豪を突き刺す。

「月の君の名を呼べるおかたは、今現在、主上お一人です。あなたは自分の立場をわかっていない。天を騙《かた》ったと言ってもいい大罪です」

高順は馬の一族の中でも特に温厚な性格だ。そんな男がこのような真似をするということは、どれだけ豪が調子に乗っているのかわかる。

瑞月の名を口に出したことで、自分は僥陽、帝《みかど》と同じ立場だと宣言したに等しい。護衛たちは動けない。高順を取り押さえるよりも先に、豪の首がはねられる。それどころか、護衛たちも全員やられるだろう。それだけ腕が立つ男なのだ。

かつて、僥陽と阿多が二人がかりで飛び掛かっても決して勝てなかった。

僥陽はこのまま豪の首をはねたほうがいいのだろうかと考えた。そうすればすっきりする。しかし、後片付けが面倒だ。

部屋の掃除は元より、豪を消すことで安氏の実家が弱体化するのは避けておきたい。子の一族が消えたことで、宮廷内の力関係は偏っている。これ以上、派閥を減らすのは良くない。

僥陽は手を上げて高順に剣を下ろさせる。

豪は真っ青な顔で高順を睨《にら》む。

「おまえに何の権限があって私にこんな真似をする！」

唾を飛ばしながら叫ぶ豪。

「はい、私には何の地位もありません」

馬の一族は役職にはつかない。高順も例外ではない。

「しかし、私は主上の剣です。主上の剣はどうすべきかと行動したに過ぎません」

「そうだな。誰もおまえに瑞月と呼んでいいとは言っていない。呼んでいいのは朕《ちん》だけである」

豪は唇を噛《か》む。

豪は僥陽の外戚である。外戚であるが皇族ではない。そして、高位の皇族の名を口に出して呼ぶことは、禁忌《きんき》である。

豪は良くも悪くもほどよい男だ。ほどよく野心があり、ほどよく愚かだ。

これが、変に有能な男であれば困った。それこそ扱いづらい。

こうしてたまに愚かなことをしたら、手綱を引いて誰が主人かわからせればいい。皇帝の外戚の地位に固執し続けるが、乗っ取ろうとは思っていない。自分の頭に冠を載せるほどの気概はないのだ。

「これ以上、この場に留《とど》まっていいと思っておるのか？」

「……申し訳ございません」

豪は先ほどの態度から一変する。

「またお伺いします」

そう言って去って行った。

足音が完全に消えてから、僥陽は腹を撫《な》でる。

「痛みますか？」

「ああ。今のでひどくなった」

さっき食べた豚肉が胃液と共にこみあげてくる。

「豪さまは何をお考えでしょうか？」

「なあに、瑞を東宮《とうぐう》に戻せと言いたいのだろう」

「そうですか」

高順は先ほどの鋭い視線はない。

「戻す気はございませんよね？」

高順はいつも通りの声色で言った。

「……そうだな」

僥陽は、『是《ぜ》』とも『非』ともはっきりさせず、葡萄酒《ぶどうしゅ》の入った杯を置いた。

十一話　特別班

それは、半分予想通り、半分唐突に始まった。

会議室に医官たちが集められた。猫猫《マオマオ》は書記官という形で呼び出されたが、集められた顔ぶれを見るに、何の話をしたいのか想像がつく。

劉《リュウ》医官に羅門《ルオメン》、長先輩と短先輩。中同輩はいない。代わりにぎょろぎょろとした目の天《テイン》祐《ユウ》がおり、他にも優秀な医官が集まっている。

面白いのは泰然《タイラン》医官がいたことだ。先日、翠苓《スイレイ》の遺品として、書き付けを渡したばかりだ。前と違っているのは、腑抜《ふぬ》けというには背筋が伸びていることだ。

（遺品と聞いて吹っ切れたか）

選抜試験のときに見かけた女性もいる。

皆、選抜試験の合格者のはずだ。

（主上関連だな）

本来なら、猫猫も中同輩と同じように弾《はじ》かれる立場だったろう。書記官として呼ばれたのは、壬氏《ジンシ》のはからいか、それとも羅門の介護のためかもしれない。ただ、普通に天祐がいるのが気になるところだ。

（人間性を考えると駄目だろう）

でも、技術に関してだけは飛びぬけていることは猫猫も認めている。

猫猫は羅門の隣に座り、帳面に話し合いの内容を書き留めていく。羅門を中心に薬関連、劉医官を中心に手術関連の話だ。

あと、術後の薬を研究していた班もあった。

（手術前、手術中、手術後）

その三つに分かれているとわかった。

劉医官の卓の前には、古びたぼろぼろの紙が丁寧に並べられていた。修復された『華佗《カダ》の書』だ。腑分けした人体が描かれている。医官しかいないこと、入口は施錠されていることを考えて、皆に見えるようにしているのだろう。

（壬氏が渡したのか）

どう見ても怪しげな書だが、猫猫が見ても天祐が見ても面白い内容が書かれていた。とくに腑分け図は内臓系の病気について言及していたようなので、あとでしっかり見たいところだ。

（前はしっかり見られなかったんだよな）

そこは時間がなかったのだと諦めるしかない。

「与えられた課題はどうなっているのか、おのおの説明してくれ」

劉医官の言葉に、まず長先輩が立つ。

「今のところ、薬の有用性は確認されていますが――」

本物の薬を処方した組と、偽薬を処方した組ではわかりやすい差異があった。本物の薬は効いている。ただし個体差があり、処方した組でも治る者と治らない者がいた。治る者は元々症状が軽かったことも理由に挙げられよう。それでも、偽薬組に比べて、悪化する速度は緩まっていることがわかった。

羅門は長先輩の発表を補足する形で話す。劉医官は予想通りという顔をしている。

猫猫はさらさらと書き留める。すでに知っている内容だったので、書くのは容易《たやす》かった。

次に手術班が発表を始める。最初に麻酔の話になる。泰然と、鍼《はり》を得意とする上級医官が発表していた。生薬を中心としたもののほか、酒、鍼や圧迫、冷却法での痛みの度合いを分けて発表する。もちろん、痛みがなくなる方法ほど危険度は高い。曼陀羅華《マンダラゲ》や鳥兜《トリカブト》、恋茄子《マンドレイク》に芥子《ケシ》、大麻《タイマ》など危うい名前が出てくる。

（開腹する以上痛みはつきものだが）

問題は患者がどの程度我慢できるかだ。それこそ痛みなど気にせずに手術したという豪傑の逸話はいくらでもある。ただ、痛みを緩和するということは、手術中に乱心する可能性を減らす。

（麻酔薬を薬と捉えるか毒と捉えるか）

判別が難しいところだ。

例を告げたところで、泰然は複数の薬物を調合した麻酔薬を挙げる。酒ではなく睡眠薬も合わせて、痛みを緩和するとある。

（寝ている間に手術が終わるのであればそれがいい）

猫猫は、できるだけ意味を違《たが》えないように記していく。猫猫の他に書記をやっている医官がもう一人いるので、間違っていたらそちらを参考にしてもらおう。

手術については意外なほど研究が進んでいた。

（華佗の書が役に立ったか）

手術が終わればもっとしっかり見せてもらうつもりでいる。

「病については、条件にもよるが根本的な打開策が見つかった」

猫猫は目を見開き、食い入るように見る。重大な内容のため、劉医官が発表している。

「病巣が盲腸《もうちょう》ではなく、虫垂《ちゅうすい》であった場合、切除することによって再発を防げる。腑《ふ》分《わ》けの結果、盲腸ではなく虫垂が原因とされる場合が多いとわかった」

猫猫は劉医官を食い入るように見る。

「猫猫や」

羅門に小突かれて、書記だということを思い出し、筆を動かす。

虫垂《ちゅうすい》。確か腑分《ふわ》けをしていたとき、ぴょこんと蚯蚓《みみず》のように飛び出ていた臓器だ。

「虫垂を切除しても問題ないのでしょうか？」

質問を投げかける医官。猫猫が聞きたいことを聞いてくれるので助かる。

「比較的、問題ない部位だと言われている。少なくとも、虫垂に膿《うみ》が溜まりつづけて破裂した場合、より害が大きい」

腹の中に膿をまき散らされると、他の病を引き起こして死に至る。

劉医官の前に置かれた華佗の書には、その虫垂部分が細かく描いてあった。こうして修復された書を置いているということは、かなり参考になったということだ。

「手術は試されたのですか？」

「試している。経過を見る限り八割がた成功した」

「残り二割はどうなのでしょうか？」

成功した例よりもそちらのほうが重要だ。

「一割はすでに虫垂が破裂して腹膜炎《ふくまくえん》をおこしていた。虫垂を切除し、散らばった膿はできるだけ取り除いたものの、それが原因で死亡している。あと一割は、手術痕から毒が入って化膿《かのう》、容態《ようだい》がよくならず死亡している」

二割。その数字は高いとみるべきか低いとみるべきか。

（安心できる数字ではないな）

それでも今までの治療法よりずっと成功率は高い。

「虫垂が病巣でなかった場合はどうなりますか？」

「そのときはまた考えねばなるまい」

劉医官の言葉は、時間がないと言っているようだ。猫猫はできるだけ私情を挟まずにまとめて書いていく。

最後に、手術後の処置について説明がある。化膿させぬように清潔に保つ方法と、化膿止めの生薬についてだ。

（私たちの仕事はもう主上には何もできないのだろうな）

手術をする前提だとしたら、投薬で回復させることは不可能だということだ。

「失礼ながら確認してもよろしいですか？」

麻酔の説明をした医官が手を上げる。

「言ってみろ」

「私たちの研究結果は、誰に使われるのでしょうか？」

質問だが、確認。この場にその『誰』がわからない人間はいないだろう。

「おまえらの想像通りのおかただ」

劉医官は明言しない。明言しないことが正しいのかはわからない。ただ、医官たちにはっきり名前を言わないことは、劉医官がやろうとしていることの不確実さを表している。

皇帝に外科手術を行う。つまり、一歩間違えれば毒にもなる麻酔薬を投与し、腹を刃物で切り裂き、内臓を切除しなければならない。さらに手術が成功しても術後の経過も要注意ときたものだ。

(ここにいる全員が関わったとしたら、医局が成り立たなくなる)

ゆえに、手術の詳細を知る者は、最少の人数にしなければならない。

(劉医官とおやじ、ほか数名)

失敗は首を斬られることを示す。場合によっては、九族皆殺しの可能性もある。

(そうなると私も殺されるなあ)

変人軍師や羅半《ラハン》は仕方ないとして、羅半兄《ラハンあに》はなんとか逃がせないかと考える。もちろん、尊敬する羅門が失敗するなどと考えたくもない。

「あと、これから呼ばれる者は残るように」

劉医官が名前を呼ぶ。呼ばれた者は皆が皆、覚悟した顔だ。

一人、飄々《ひょうひょう》とした顔がいると思ったら天祐である。

(こいつ、腕だけはいいからな)

猫猫は舌打ちする。

「猫猫」

(!?)

最後に呼ばれ、猫猫はびくっと動く。短先輩が心配そうに見つつも、部屋を退室する。

猫猫もまさか呼ばれるとは思っていなかった。猫猫が作っていた生薬は、手術後にはあまり役に立たない。きょろきょろしながら席を立ち、劉医官のほうに近づく。長先輩も呼ばれていたらしく、部屋に残っていた。

「どうして呼ばれたかわからないという顔だな」

「はい」

「簡単だ。おまえは羅門の血族だ。一蓮托生《いちれんたくしょう》なら、他の関係ない奴らを入れるよりおまえを選んだほうが被害は減らせる」

「なるほど」

合理的な判断と言える。

「あと何かあった時、漢太尉《カンたいい》を確実に巻き込める。羅門だけでもいいが、一応な」

「なるほどー」

猫猫は半眼になってしまった。

もし、処刑されそうになったら、変人軍師が暴れて騒いでうやむやにしてくれるのを願っているのだろう。

劉医官は食えない人だ。

それから数日、猫猫は今後の手術の流れについて説明を受ける。とはいえ、適材適所ということもあって、使用する生薬を選び、調合するのが主な役割だ。

羅門の指示の下《もと》、より品質の高い生薬を買い付け、丁寧に処理していく。基本、術後経過班に入れられた形になる。長先輩も同じ部署だが、先輩の場合ついでに手術の助手の説明も受けていた。どちらにも使えると認められたのだろう。

短先輩は引き続き、薬の臨床実験を続けている。容態《ようだい》が悪くなった患者は麻酔をかけられ、手術を受け、その後の経過を診《み》てもらう。

麻酔が一番問題だった。よく効く麻酔薬ほど毒性が強い。ならば、効果は低いが毒性が弱い方を使おうという判断になる。

まだ幼くわがままで痛みに弱い者であったら、意識があるまま身を切られることは我慢できない。ただ、主上なら我慢してくださると劉医官は踏んだようだ。それほど慢性的な痛みが続いている中、表向き仕事に支障をきたしていないのはかなりの精神力に違いない。

滞りなく治療は進むと思っていた。

「手術だと!?　ふざけるな！」

妙なことを言い出す高官が現れるまでは――。

十二話　説明と同意

帝《みかど》の手術について、どこから漏れたのかはわからない。

（いや、むしろ）

今まで帝の病状を隠すのがうますぎたほうだと猫猫《マオマオ》は思う。慢性的な痛みを抱え、まともな食事もとらず、普段通りの執務をやっていたという。ついでに言えばたまに後宮《こうきゅう》に行って、妃《きさき》と夜を共にすることもあったそうだ。

だからといって、打ち合わせも終わってあとは執刀するのみという段階で、周りから邪魔が入るのは困る。

（珍しい話でもないか）

患者の治療を身内が邪魔をすることは珍しくない。

街の薬屋ですら、常連客の身内が来て薬を高価だ無駄だと文句をたれた挙句《あげく》、自分たちで別の治療法を探すと怒鳴られたことがあったくらいだ。それから、その常連客を見たことはない。

（生きているといいけど）

国の頂《いただき》に立つ人物ともなれば、治療法に首を突っ込まれるのも仕方ないだろう。外科手術は、よほどでない限り行われない。外傷なら緊急を要することはわかるが、病ともなると薬で治せというのが一般的だ。

（薬で治んないからやるんだよ！）

猫猫はごりごりと力いっぱい薬草をすりつぶす。

「疲れちゃうわよ」

横から声をかけてきたのは初老の女性だ。医官たちに交ざって、なぜ猫猫が浮かないかと言えば、彼女がいるおかげだろう。

「小母《おば》ちゃんは年だから体力配分が大切。あなたも若いからって体力配分を怠るとあとでどっと疲れが出るわよ」

本人が小母ちゃんと自称するように、見た目はやはり小母ちゃんだ。実年齢は五十をいくつか過ぎた頃としかはっきり言わなかったが、外見も年齢相応の皺《しわ》がある。適度にふくよかな体型は豊かな食生活を送っている証拠だが、指先はいくら洗っても落ちないほど黒ずんでいた。長年、調薬していた指だと猫猫にはわかる。

通称劉《リュウ》小母さん。どこにでもある名字であるが、医官たちの間で『劉』となると代表的なのは劉医官だ。劉小母さんは、その劉医官の妹である。

「縁故採用が多くなるが恨まないでくれ」

劉医官は言った。

もし帝《みかど》の治療が失敗すれば、関わった医官およびその身内も処刑される。故に、処刑される人間を減らすため、劉医官は関わる医官たちの身内を採用することにした。言うまでもなく、縁故とはいえ劉医官が素人《しろうと》を採用するわけがない。

例の選抜試験に合格したところを見ると、医官と同等かそれ以上の知識を持った人なのだろう。

「ふふふ、実家以外で仕事をするのは初めてだから緊張しちゃうわね。よろしくね、先輩」

劉小母さんは、医術の才能がある人だ。劉医官の実家で長年医療に携わっているだけあって、手つきも慣れている。

しかし、未婚で子どももいないらしい。その理由は黒ずんだ指先が語っていた。医術を下賤《げせん》の仕事と見る者は多い。汚れた指先だけを見て、嫁には不適合と思う者はどれだけいるだろうか。

劉小母さんはある意味、猫猫が辿《たど》るかもしれない人生の一つを歩んだ人だ。

猫猫がいらいらしているように、他の医官たちもいらだっていた。

「準備は万端だというのに」

「このままでは悪化してしまう」

劉医官の診立《みた》て通り虫垂炎《ちゅうすいえん》であった場合は、時間との勝負になる。虫垂が破裂し、膿《うみ》が腹の中に放出されると一気に死亡率が上がる。

「はいはい。いらだっても問題は解決しない。私たちがやれることをやりましょ」

劉小母さんは適度にひりついた空気を和らげてくれる。年齢的に壬氏《ジンシ》のばあやである水《スイ》蓮《レン》を思い出すが、それよりも裏表がない。

（劉医官とは全然似てないなあ）

いや、むしろ性格が似ていないから上手くいっているのかもしれない。でなければ、この場に劉小母さんを呼んだりしないだろう。

劉小母さんのおかげで仕事場の空気がよくなるので、それを見越して劉医官が彼女を派遣していたのなら策士だ。

手術班の指揮をしていた上級医官は、麻酔の鍼《はり》に付きっ切りになったため、彼女が仕切っている。誰も文句を言わないのは、人柄だろう。

故に、休憩中は話題の中心になる。

「小母さん、でもなあ」

「うんうん。俺たちだって命をかけてるんだけどさあ」

普段、格式ばった言い方が多い医官たちも、砕けた雰囲気になる。

猫猫は茶を用意しつつ、小母さんと一緒に話の聞き手に回る。

聞くところによると手術に反対しているのは、一人ではないらしい。皇太后の実家と玉《ギョク》袁《エン》派閥の者、両方が声を上げている。つまり皇太后派、皇后派どちらの勢力からもだ。

「まあ、どっちの声もわかるけどさ」

もし手術が失敗したらまだ数え五つにもならない東宮《とうぐう》が皇帝となる。その場合、皇后の父である玉袁が摂政《せっしょう》となるだろう。皇太后派としてはおもしろくないはずだ。

逆に皇后派としては、まだ派閥が盤石《ばんじゃく》ではないうちに幼い皇帝を擁立すると、反感を食らうことは目に見えている。何より年齢的に壬氏という皇弟《おうてい》がいるのが大きい。壬氏を皇帝にという声は大きく上がるはずだ。

(どっちにとっても不利益が多い)

大きな混乱がない時代だからこそ、幼い皇帝ではなく現帝が求められている。これが乱世ともなれば、わんわんと前時代の血筋がわいてきて、玉座《ぎょくざ》は血に染まっていただろう。

(それよりましなのだろうけど)

こうして何もしないのは、病には悪手でしかないことをどう説明すればいいだろうか。

猫猫は愚痴に近い医官たちの話を聞きながら、茶をすすった。

その日、猫猫の宿舎に見慣れない男たちがいた。立派な馬車が停まっており、宿舎の管理人が怪訝《けげん》な顔をしている。

「なんでしょうか？」

後輩の長紗《チャンシャ》が不思議そうな目で見ている。最近、仕事場で会うことはないが、宿舎では二人でかわるがわる食事を作っていた。今日は猫猫は、仕事帰りに食材を買い出しに行っていたのだ。

（雀《チュエ》さんではないな）

雀が壬氏関連で猫猫を呼ぶときは、もっと気を使う。馬車はもう少し質素にするか、少し離れた場所に停車していることが多い。

「ご同行いただけますか？」

そう言って男は、牡丹《ぼたん》の紋を見せる。壬氏の脇腹にくっきりついている紋だ。

（玉葉后《ギョクヨウきさき》の紋）

猫猫は男たちの顔をじっと見る。知っている顔があればまだ安心できるが、あいにくそんな顔はなかった。一度は会ったとしても覚えていない鶏頭《とりあたま》の猫猫なので、仕方ない。

玉葉后の使いならついていく。ただ、玉葉后を騙《かた》った誰かなら、断りたい。

躊躇《ちゅうちょ》していると、馬車から見慣れた顔が出てきた。

「猫猫」

「紅娘《ホンニャン》さま」

玉葉后の侍女頭だ。

「来てくれるわね」

「はい」

侍女頭が直接来たのであれば、猫猫も断ることはできない。

「長紗さん。一人で夕飯を食べてくれませんか？」

「はい」

猫猫は買ってきた食材を長紗に渡すと、馬車に乗り込んだ。


馬車は、皇后の宮へと入っていく。

宮の中を進む途中、紅娘からいくつか聞かれた。

「なんで呼び出されたかわかる？」

「主上のことでしょうか？」

高官たちがやいのやいのと手術について口を出している。玉葉后が知らぬわけがない。

「ええ。何を聞かれるのかわかっているのかしら？」

「医官から聞いた説明が本当かどうか、私の口から確認したいのかと」

猫猫は、患者の家族なら何が一番聞きたいのかを考えて口にする。

「ええその通りよ」

「もちろん、上司にお伺いを立ててから行くのではだめですよね」

猫猫としては、仕事のことをべらべら話すのは懲戒処分に繋《つな》がる。

「口裏を合わせられては困るもの」

（私にも私の立場があるんだけどなあ）

猫猫はぼやきつつも、この場で断れるわけがない。皇后と一介の官女《かんじょ》では、立場が違いすぎる。

馬車から降りて紅娘についていく。

（紅葉してるなあ）

改めて秋が深まっていることに気が付いた。最近忙しくて季節の移り変わりを感じることもなかった。

案内された部屋の前には、護衛がいた。紅娘が手を上げると、護衛は扉を開ける。

部屋の中には、長椅子にもたれかかる玉葉后がおり、隣には見慣れた侍女たちの他に、玉葉后に似た明るい髪の娘が一人いた。以前、玉鶯《ギョクオウ》が送りつけたという娘だろうか。表向き、玉葉后の姪《めい》ということになる。

（長先輩が言っていた娘さん）

長先輩ではないが、玉葉后を含めてこちらの女性陣は美しい。素材もだが、なんだかんだで化粧の仕方や立ち振る舞いが洗練されているのだ。むさくるしい男所帯の仕事場にずっといるので、より顕著に感じた。

もう一人、目が細い三つ編みをした女性がいた。地味な顔立ちで背が高い。紅娘と同年代、三十をいくらか過ぎているように見える。

(西の出身だろうか？)

日に焼けた肌と少し変わった服は、戌西州《いせいしゅう》の人間に見える。

(誰だろ？)

そう思いつつ、猫猫は深々と頭を下げる。

「お久しぶりね。調子はどうかしら？」

玉葉后に声をかけられてから、猫猫は頭を上げる。

「お久しぶりでございます。変わりなくやっております」

「そうみたいね。椅子に座ってちょうだい」

「はい。ありがとうございます」

猫猫は椅子に座る。

桜花《インファ》たち三人娘が猫猫を懐かしそうに見る。小さく手を振るので、手を振り返したかったが紅娘がいるのでやめておく。

紅娘は三人娘の態度に気付いていた。

「はい、あなたたちは他の仕事。大事な話があるから出て行ってちょうだい」

「ええ……？」

「ええ、じゃないの！」

『はい！』

紅娘と三人娘の関係は健在のようだ。玉葉后は面白そうにそのやりとりを見ている。

三人娘と玉葉后の姪《めい》は、部屋を出る。見慣れない三つ編み女性は残った。

紅娘は扉に施錠し、誰かが聞き耳を立てぬように外には護衛が見張りに立つ。

最初に口を開いたのは玉葉后だった。

「紅娘から話は聞いているわね。早速で悪いけど、どのような状態か教えてくれるかしら？」

「すでに薬で病を治すのは無理であるというのが、医官たちの見解です。症状から、虫垂《ちゅうすい》炎《えん》である可能性が高いです。虫垂炎とは、内臓の虫垂という部分が炎症を起こす病です。ひどくなると虫垂が破裂し、溜まった膿《うみ》を体内にまき散らします。こうなると他の病を併発して死亡率が一気に上がります。ですので、病状がこれ以上悪化する前に外科手術を行い、病巣である虫垂を取ることが必要とされます」

猫猫は考えつつも、正直に答える。劉医官や羅門《ルオメン》が嘘《うそ》の病状を教えるわけがない、教える理由がない、と判断した。

高順《ガオシュン》もそうだが、皆、医官に対して懐疑的になっている。

玉葉后たちの表情を見る限り、同じ説明をされたのだろう。

「病巣を切り取るということは、腹を切るということでしょう？」

「そうです」

「成功するの？」

玉葉后は心配そうに言った。そこには東宮《とうぐう》の将来だけでなく、皇帝を案じる気持ちが含まれているのも感じられる。

皇帝と后《きさき》という関係は、愛だの恋だのという言葉で表せるものではない。でも玉葉后に、帝《みかど》への情が全くないわけではなかろう。

それでも帝を癒やすには不十分すぎる。

「医官たちは最善を尽くしております」

「失敗することもあるのね？」

「……」

猫猫は一瞬考える。どう説明するのが最善であるかが難しい。

「今の状態なら成功する確率は九割を超えます。ですが、時間経過とともに下がっていくでしょう」

「下がる理由は？」

「先ほども説明した通り、病巣に膿が溜まって破裂することで、違う病を引き起こします。故に時間経過は、死活問題につながります」

猫猫はできるだけわかりやすい言葉を選ぶ。

「では、それ以外の失敗の例は何かしら？」

「手術後に手術痕から毒が入り、化膿《かのう》する場合があります」

「毒を盛られるということ？」

「いいえ、例えば膝を擦りむいた時、傷口を洗わずにいると付着した土から毒が体内に入り込み、膿《う》んでしまいます。それと同じです。汚れた手で傷口を触ったりするとよくありません。患者が無意識に手術創に触れ、そこから毒が入ることがあるのです」

猫猫は正直に失敗例も答える。隠したところで、疑われるだけだ。

「最後の質問。医官の診立《みた》てが間違いで、虫垂炎《ちゅうすいえん》とやらではなかったらどうするの？」

「その時は仕方ありません。ただ、開腹が無駄になるということはないでしょう」

直《じか》に見ることで違う病巣を目視できればいい。また、腹の中の膿《うみ》を取り出すことでいくらか症状は緩和される。

根本的な治療が先延ばしになるが、放置するよりもいいだろう。

玉葉后、紅娘、三つ編み女性は顔を見合わせる。

「私の話は、他の医官の説明とは違うものでしたか？」

「いいえ」

玉葉后は困ったような笑いを浮かべる。

「最初から口裏を合わせていたってことはないわよね？」

「口裏を合わせるならば、手術が失敗する確率などもっとうまく隠します」

「そうよね」

玉葉后はため息をつくように言うと、三つ編み女性を見た。

「こういうことよ。お父さまにはちゃんと説明してくださるかしら？　姉さま」

（姉さま）

ようやく三つ編み女性が誰なのかわかった。玉葉后の数多《あまた》いる異母兄姉のうちの一人だ。

「わかりました。ですが、周りがどう取るかまでは責任がもてません」

「つまりお父さまは納得するということですね」

三つ編み女性は無言で頷《うなず》く。このやり取りだけで、理知的な女性であることはよくわかった。

「ふう、猫猫もいきなり呼んで悪かったわね」

「いいえ」

猫猫としても、間違った説明をしなくて良かったとほっとする。

「夕餉《ゆうげ》はまだでしょう？　せっかくだから、食事をしていったら？」

猫猫は思わず腹を押さえてしまう。

（食べたい、食べたいけど）

ここで食べてしまうと、せっかく正しい説明をした意味が無駄になってしまう。

（食事が賄賂《わいろ》と捉えられかねない）

猫猫はぎゅっと唇を噛《か》むと、頭を下げる。

「申し訳ございません。食事は済ませたあとでして」

ぎゅるぎゅると鳴る腹を押さえながら、猫猫は部屋を出た。

十三話　種まき

壬氏《ジンシ》は何度繰り返されたかわからないやりとりに頭が痛くなった。

「もし主上の御身《おんみ》に何かあったらどうしましょうか？」

疑問のようでいて、確認してくる官たち。

壬氏にどんな答えを求めているのかは、立場によって違う。

壬氏の立太子《りったいし》を求める者、求めない者。どちらの陣営につくか、はかりかねている者。

昼餉《ひるげ》の時間になり、ようやく静かになった。持ってこられる書類も人も遮断したのだ。

「どうにかしてくれ！」

「どうにもできません」

衝立《ついたて》の奥から否定する声が聞こえる。相変わらず馬良《バリョウ》は、人の目を避けて仕事をしていた。やってくる官たちは、帳《カーテン》の奥に馬良がいるとは思っていない。おかげで、彼だけは誰が来ようが、粛々《しゅくしゅく》と仕事を片づけることができる。

「私も隠れたいくらいだ」

壬氏と同じように辟易《へきえき》した顔をするのは、馬閃《バセン》だ。副官兼護衛として壬氏についているが、腹芸は得意ではない。ただ、馬閃が殴りかからないだけいいと壬氏は思っている。馬閃が睨《にら》みをきかせているかいないかで、余計な詮索をする官はぐんと減る。逆を言えば、壬氏は舐《な》められていることになる。

宦官《かんがん》の真似事を何年もしていたせいだろうか。それとも、もっと強面《こわもて》のほうがいいのだろうか。

「もっと必要かもしれないな」

壬氏は指で右頬の傷をなぞる。傷があといくつ増えれば、玉の顔《かんばせ》から強面に変わるだろうか。

「よからぬことを考えてはいませんか？」

壬氏はぎくりとして、声の主を見る。昼餉《ひるげ》の準備をしている麻美《マーメイ》だ。今日は、馬《マ》三姉弟が揃《そろ》っている。

麻美は簡単に食べられる食事を卓の上に置く。以前は昼餉を抜くこともあったが、この姉御肌《あねごはだ》の侍女には勝てない。忙しくても食べさせられる。

壬氏は花巻《バン》に角煮を挟んだものを食《は》む。品のない食べ方だが、乳兄弟《ちきょうだい》しかいないので大目に見てくれる。何より麻美が食事くらい気楽に、と言ってくれたのが大きい。弟二人は姉の言うことに逆らえない。

「食べながらでいいので聞いていただけたら」

「……」

壬氏は無言で頷《うなず》く。麻美は女だ。女であるがゆえに頼める仕事はある。

「現在空席の四夫人の席が三つ。そのうち、二席は埋まりそうです」

上級妃の席は現在、梨花妃《リファきさき》の賢妃《けんひ》の席しか埋まっていない。

馬良、馬閃は男であるがゆえ、後宮《こうきゅう》の内情を確認するのは難しい。その点は、麻美がたまに報告するようにしていた。

壬氏は仮にも後宮を管理していた。もうその役目から離れて二年以上経《た》つが、下手な官よりも内情は詳しい。

「月の君がおっしゃる通り、貴妃《きひ》と徳妃《とくひ》の席にそれぞれ皇太后派、皇后派の娘を就ける予定です」

貴妃は玉葉后《ギョクヨウきさき》、徳妃は『卯《ウ》の一族』の里樹《リーシュ》が元々いた席である。

さすがに淑妃《しゅくひ》の席は縁起が悪い。謀反《むほん》を働いた一族の娘がいた席だ。

壬氏は差し出された書類を確認し、眉間にしわを寄せる。壬氏にとって想定していない人物の名が挙がっていたためだ。

「さすがに二年前の資料のままでは、人選に不備が出ます。どちらが気になりますか?」

壬氏は口の中の花巻を茶で流し込む。すかさず麻美が手ぬぐいを差し出すので、手を拭いてから書類を持つ。

「皇太后派のほうだな。年齢は十七、昨年入内《じゅだい》しているな」

皇太后の異母兄、豪《ハオ》の大姪《おおめい》とある。同時に皇太后の大姪でもある。

「豪には、兄弟は姉と妹が一人ずつしかいなかったはずだが」

「はい。皇太后の姉の孫娘に当たります」

「皇太后の姉……」

壬氏は頭の中の家系図を思い出す。たしか、皇太后の安氏《アンシ》の姉は、当初中級妃として入内していた。しかし、先帝のお手付きになったのはその時侍女として付き従っていた異母妹の安氏のほうだった。

罪深い先帝のふるまいは、『子《シ》の一族』の反乱に繋《つな》がる何かを彷彿《ほうふつ》とさせる。子の一族の一件は、先帝に袖にされた神美《シェンメイ》の復讐劇《ふくしゅうげき》とも言える。

異なる点があるとすれば、安氏の懐妊がわかったあと、安氏の実家は姉をすぐさま後宮《こうきゅう》から出しているところだ。

「いやいやいや」

「いやいやじゃありません。これ以上はない人材ですよ」

「滅茶苦茶縁起が悪いだろう」

「ええ。だから淑妃にせず、貴妃にします」

麻美は猛禽類《もうきんるい》を思わせる表情を浮かべる。前の淑妃は、楼蘭《ロウラン》。子の一族の娘で反乱の首《しゅ》魁《かい》の一人でもあった。

「他に良い人選はできなかったのか？」

「豪さまには入内できる直系がいなかったものですから。遠縁はいくらか入内しておりますが、何より豪さまの姉君が雪辱を果たす気満々だったようです」

『おおう』

壬氏だけでなく、馬良、馬閃も呆《あき》れた声を出す。

皇帝にとって豪の大姪は、従姉妹《いとこ》の子に当たる。近親婚による病を防ぐため、他に候補がいない限り、妃《きさき》はできるだけ遠い血を入れるようにしていた。四夫人の中で皇帝の縁戚である梨花妃を賢妃《けんひ》にしたのも、そのためである。四夫人は同じ上級妃であるが、賢妃は一番序列が下だ。

そんな選抜理由があるとは豪も思うまい。

「あまりにしつこかったようで、主上も一度だけ閨《ねや》に入ったそうです」

「……」

壬氏は目を細めながら、花巻にかぶりつく。

宦官《かんがん》時代、その手の処理を自分が行っていただけに、妙な気まずさがある。馬閃は後宮に詳しくないが気まずさはわかるのか、少し気恥ずかしそうに下を向いていた。

どの派閥の妃に、何度床入りをしたか。それによって大きく勢力図が変わる世界だ。

「同時期に、皇后派の娘が入内《じゅだい》し、中級妃につけております」

壬氏は麻美が次に言うことがわかっていた。

この人選については壬氏も頭に入れていた。

玉鶯《ギョクオウ》の養女は結局、玉葉后の侍女になってしまったため、誰か血縁を入内させないと印象が悪い。なので、玉鶯の他の弟妹の子の中から入内させる者を選んだ。大海《ダーハイ》、玉袁《ギョクエン》の三男の娘が適役ではないかと目を付けていた。

そこに娘の意思はない。娘の気持ちを考えては政治などできぬと思うが、同時に残酷なことをしているとわかっている。

時に壬氏は、己《おのれ》がとても卑怯者《ひきょうもの》であると痛感してしまう。

「その娘の部屋にも、主上は訪問しておられます」

皇帝は本当に食えないお人だ、と壬氏は思う。自身の体調不良が今後何を引き起こすか考えていた。そこで、どうやったら円満でなくとも落としどころがつかめる終わり方ができるか、想定していたのだろう。

「月の君もそれを想定して、上級妃の選定を促していたのではないですか?」

壬氏はまたごくんと口の中の物を飲み込む。

「ああ。しかし、しっかり種まきをしているのは抜け目がないと思っただけだ」

種まきには二つの意味がある。

帝《みかど》がお通いになる中級妃が上級妃に昇格する。後宮《こうきゅう》の外にいる者たちは、妃《きさき》の懐妊を疑うだろう。

皇后派はどうかわからないが、皇太后派の頭である豪は比較的扱いやすい男だ。早合点して妊娠を期待してくれればよい。身内に駒が増えれば、考えも変わってくるだろう。

「すでにどちらの妃の下《もと》にも、下女を送らせています」

ぬかりがないとしか言えない。

「上手く扇動できるか？」

「できるのではなくやるのですよ」

麻美の言動には妙な実感がこもっている。

「男が生まれるか、女が生まれるかわからない、それ以前に妊娠するかどうかもわからないというのに」

「世には、女の胎《はら》の状態で男女が決まると思い込む者がおります。なお、豪さまは酒の席で子も孫も男しか生まれなかった理由を、妊婦が酸っぱい食べ物ばかり食べていたからだとおっしゃっておられたそうです」

「それは本当だろうか？」

今度、猫猫《マオマオ》にでも聞いてみようかと考えてしまう。

とはいえ、それで考えを変えてくれるのならそれに越したことはない。

「他にもいくつか策を考えております」

「そうだな」

何もしないよりもずっとましだと壬氏は思う。

皇帝の病に対して、壬氏ができることはない。

ただ、より円滑に治療ができるように、環境を整えることならできると思った。

十四話　患者の意思

医官たちの説得や理解ある人たちのおかげで、ようやく手術日の目途《めど》がたった。まだいくらか不満がある者もいるようだが、なんとか丸め込んだのだろう。

「よし、準備はしっかり終えたぞ。やれることはやろう！」

手術をやるかやらないかが曖昧になってくすぶっていた医官たちは、拳を握る。なんとか気持ちを奮い立たせ、失敗したら処刑されるという恐れを撥《は》ね除《の》けようとしているふうにも見えた。

猫猫《マオマオ》もまた準備に抜かりがないように確認する。

そんな中、自然体で器具を眺めている者がいる。誰かと思えば天祐《ティンユウ》だ。

「ふんふーん」

鼻歌まじりで、余裕さえある。

手術班と術後班は同じ場所で準備をしているのでどうしても目につく。

「なんであんな奴が」

「あんな奴なんて言わないのよ」

劉小母《リュウおば》さんが猫猫を窘《たしな》める。

「腕はいい子じゃない？」

「腕はいいですけど、倫理観が欠落しております」

「そうよねえ」

妙にしみじみと小母さんは言った。劉医官の妹なら、以前から天祐を知っていたのだろう。

「腕はいいけど気まぐれすぎるところが困りものね」

「はい」

「でも、どんな状況でも気負うことはないわ」

「そのとおりではあると思います」

むしろ困難な状況ほど目をきらきらさせて、楽しめる性格をしている。羅半兄《ラハンあに》と違う形で、どんな状況でも平常であろう。

「私たちは私たちで、術後のことを考えましょう」

「はい」

猫猫は清潔なさらしを準備している。化膿《かのう》に効く飲み薬、塗り薬に加え、かゆみ止めも用意した。治りかけの手術創はかゆくなるからだ。思わず術創に触れて化膿しても困る。

術後の経過による食事の管理も任されており、食事係との連携も行う。

（これで失敗するわけがない）

猫猫もぐっと拳を握った。

そんな中、独特の足音が近づいてきた。

「猫猫さん、猫猫さん」

「なんですか雀《チュエ》さん。こんなところに来ていいんですか？」

久しぶりに猫猫の職場に雀がやってきた。

「雀さんはちゃんと許可をとっております。なにより主治医である猫猫さんが診《み》てくれないので困っているのですよぅ」

雀はまだぴくぴくとしか動かない右手を猫猫に差し出す。

（そういや、怪我《けが》の経過もしばらく診てないなあ）

猫猫はとりあえず雀の手を持つと指先の動きを確認する。ついでに、ふにふにと腕や手のひらを揉《も》み始めた。

「うーん。猫猫さんの按摩《マッサージ》は効きますねぇ。そのままでいいのでちょっと来ていただけますかぁ？」

また、壬氏《ジンシ》の使いだろうかと猫猫は思う。

猫猫は首を傾げつつ、劉小母さんに話をすることにした。特に代表というわけではないが、とりあえず劉小母さんに話をしておけという空気になっている。

「今は簡単に離れられない状況ですが？」

「兄さんに聞いてみないとねえ」

劉小母さんは劉医官がいないかときょろきょろする。

「ご心配なく、劉医官の了承は得ておりますよぅ。というより、劉医官も呼び出されてますよぅ」

「それなら問題ないけど、一応他の子たちにも一声かけておいてちょうだい」

「わかりました」

猫猫は雀についていく。中央の医務室から少し離れた会議室に連れて来られた。すでに先客として、劉医官、羅門《ルオメン》、壬氏、それから高順《ガオシュン》がいた。

皆、深刻な顔をして、やってきた猫猫たちに注目した。

猫猫は、丁寧に頭を下げる。壬氏に「よし」と言われるまで待つ。劉医官の前なので特に気を付ける。

「顔を上げよ」

猫猫は立ち去りたい気分になったが、後ろに雀がいる。わかっている、呼ばれた以上立ち去れない。

「どうして私が呼ばれたか、確認してもよろしいでしょうか？」

「主上が明日の手術に難色を示された」

　猫猫はぽかんと口を開ける。

「……」

「いやいやいや」

「いやいやいやじゃない」

　壬氏はむすっとして返す。

「しかししかし」

「猫猫や」

　素《す》になりかけた猫猫に羅門が苦言を呈する。猫猫はそっと口を押さえた。

「一応、これまで手術をする意向であると、皆とらえていた。しかし、ここで主上がやらないと言えば」

「やれるわけがない」

　劉医官に続いての壬氏の言に、高順は眉間に深いしわを刻みつつ頷《うなず》く。羅門はひたすら困った顔をしている。

「せっかく『玉の一族《ギョク》』については、玉葉后《ギョクヨウきさき》、玉袁《ギョクエン》殿の理解を得たというのに」

　劉医官が猫猫を見る。一応、玉葉后に呼び出されて説明をした旨は、報告している。

「豪《ハオ》殿も、納得はしないまでも、前ほど反対はしない今が機会《チャンス》だというのに」

（豪とは誰ぞや？）

たぶん猫猫が知らないお偉いさんなので、覚える必要はなさそうなので無視する。

しかし、手術を一番嫌がるのは患者だ。ごく当たり前のことなのに、それが偉い人だと大問題になる。

むしろ、これまではっきりと意思確認をしなかったのだろうかと疑問が残る。

皆が皆、良くなるのなら手術は受けてくださるだろうという認識でいたのだろうか。

（どんなに成功率が高くとも腹を切られることには違いない）

高順がこの場にいる理由はわかった。

だが、なぜ猫猫が呼ばれるのだろうか。

「私にはどうしようもできない話なのですが」

「最後まで話を聞け」

「はい」

猫猫はまた口を押さえる。

「主上は、手術の前に一席設けたいとおっしゃった」

劉医官は苦々しげに言った。

（手術前にお酒なんてとんでもない）

飲める状態ではないのでせいぜい茶だろうが、つい宴《うたげ》を想像してしまう。

「その席に私と阿多《アードゥオ》殿が呼ばれた」

壬氏が言うのを聞いて、猫猫はごくんと唾を飲み込む。

主上、阿多、壬氏。非公式であるがこれは親子水入らずということになる。そして、その事実を壬氏は知らないのだろう。

（うん、とても嫌な予感がするけど）

猫猫はどうすればいいのかわからない。

「阿多殿は猫猫が同席すれば来ると言っている」

「……」

猫猫はぎゅっと瞼《まぶた》を閉じ、歯を食いしばって仰《あお》向《む》きながら唸《うな》る。

（断りたい、断りたい）

けど、断れるわけがない。

一体、帝《みかど》は何を話す気だろうか。手術前の弱った気持ちをなんとかするために、いろいろ身辺整理をしようというのではなかろうか。

その中に壬氏出生の秘密などあったら、壬氏は壬氏で胃に穴が開きかねない。

親子そろって内臓の炎症やら貫通やらをしてもらっても困る。

猫猫は胃薬持参で出向こうと考える。

「後宮女官《こうきゅうにょかん》時代、一体阿多さまとどんな縁故《コネ》を作ったんだか？」

劉医官が呆《あき》れた目で見る。

「阿多さまは飲み友達とか言っていましたねぇ」

　雀がかわりに答える。

（まあ、一緒に飲んだことがないわけではないのだが）

　後宮《こうきゅう》の城壁の上でのくだりだろうか。茶ではなく酒となるとそこくらいしか思いつかない。詳しく説明すると面倒なので黙っておいた。

「そういうわけでついてきてくれないか？」

「かしこまりました」

　猫猫はおとなしく頭を下げる。

十五話　告白　表

雀《チュエ》に案内された場所には既視感があり、とても困ってしまう。

（ここって）

猫猫《マオマオ》にとって忘れがたい場所である。

皇帝、壬氏《ジンシ》、玉葉后《ギョクヨウきさき》の三人に猫猫が加わって集まった皇族の私的空間であり、壬氏焼き印事件の現場だ。

（悪夢の場所だ）

この時点で、嫌な予感しかない。

今回の顔ぶれは、玉葉后に代わり阿多《アードゥオ》が入っている。またここで墓まで持っていかなければならぬ秘密を知ることにならねばよいが――。

「はいはい、確認入りまーす」

猫猫は宮に入る前、雀に体中をまさぐられる。皇族のいる場所に変な武器を持ち込まないかの確認だ。

「猫猫さん、栗鼠《リス》みたいにいろんな所にいろんな道具を隠し持ってらっしゃいますねぇ」

どんどん出てくる生薬やら裁縫道具やらさらしやらに、雀が呆《あき》れる。

「その言葉、まんま雀さんにお返ししますね」

雀こそ一体何を出してくるのかわからない。さすがに猫猫でも懐から鳩《はと》など出さない。

「とはいえ、流れ的に置いてこられたはずなのに、なんで持ってきているんですかぁ？」

「なんか、ずっしり重みがないと落ち着かないので。そういうのありません？」

「んー、わからないこともないですけどぉ」

猫猫は、医務室から一度宿舎に帰った。湯あみをして着替えるためだ。久しぶりに美髯《びぜん》の君に拝謁するので、失礼にならないようにとの配慮だが――。

（あー、行きたくねえ）

そう思うしかない。

せめて雀相手に駄弁《だべ》るくらいは許していただきたい。

「これは何ですぅ？」

雀が荷物確認の中で、布包みを取り出す。

「胃薬です」

「ほうほう、胃薬ですかぁ」

雀はぺろっと薬を舐《な》め、不味そうな表情を浮かべると猫猫に返した。

「これだけはどうぞ」

「はい。これだけは取り上げられたくなかったので、ありがたいです」

猫猫の足が重いのを、雀が後ろから背中を押す形で向かう。

「雀さんは同席しますか？」

「残念、雀さんは見張りですよぅ」

雀がいるだけで場の雰囲気がいくらか軽くなる気がするが、期待できなくなった。

「高順《ガオシュン》さまはどうですか？」

「お義父《とう》さまはどうでしょうかねぇ。たぶん、見張りになるかと思いますねぇ。ご安心を。ちゃんとどんなに長話でも暇にならぬよう、舅《しゅうと》の好きな点心《おやつ》を持参する良い嫁なのですねぇ」

雀はどこからか取り出した蒸籠《せいろ》を見せる。隠せたとして湯気が出ていて熱そうだった。

長い廊下は窓がなく、かといって暗くもない。揺らめく炎は足元を照らしている。

廊下の突き当たりに高順が立っていた。他にもう一人護衛がいる。

（どっかで見た顔だよなあ？）

雀が独特の足音を立てながら、護衛に近づく。

「お義兄《にい》さま。点心食べますぅ？」

『お義兄さま』と聞いて、猫猫は手を叩《たた》いた。麻美《マーメイ》の旦那の『馬《バ》なんとか』さんだ。

「いいえ」

「葡萄酒《ぶどうしゅ》飲みますぅ？」

「酒はちょっと」

「では果実水はどうですかぁ？」

「一体、どこから出すんだ？」

猫猫と全く同じ疑問を持つ馬なんとかさん。『馬《マ》の一族』の常識枠に入れておいてよさそうだ。

「雀、仕事ですよ」

「仕事ですが、気力も大切ですよぅ。ご安心を、変な物は入れていないことを雀が食べてみせますねぇ」

高順は呆《あき》れたまま、猫猫を見る。

「小猫《シャオマオ》。こちらは気にせず中へ」

「はい」

高順に言われて、猫猫は中に入る。

（いつもにも増して豪華な調度）

前回は生薬がたっぷり用意されていたが、今回はない。残念なような、安心したような複雑な気持ちになる。

一寸《三センチ》織るのに一年はかかりそうな繊細な毛氈《モウセン》を踏みながら進む。奥の長椅子には、皇帝と阿多が座っていた。

（うーん）

主上より後にやってきてしまった。仕方ないとはいえ、気まずさがある。

「呼び立ててすまなかったな」

主上ではなく阿多が猫猫に話しかける。

「いえ。滅相もありません。遅くなって申し訳ありませんでした」

「月《ユエ》はまだかな？　一緒ではないのか」

「はい」

まだ壬氏が来ていないだけましだろう。

座れと阿多が合図するので、猫猫は一番小さな丸椅子に座る。もう一つ背もたれがある大きな椅子があるが、壬氏用だろう。

椅子に違いがあると、猫猫はどこに座ればいいのかわかりやすいので助かる。

長椅子が一つに一人用の椅子が二つ。主上と阿多は二人で長椅子の両脇に座っている。いちゃつくわけでもなく、疎遠というわけでもない。ちょうどいい二人の距離を表しているようだった。

真ん中には円卓が置かれ、徳利《とっくり》が二つある。並べられた玻璃《ガラス》の杯の中身を見る限り、葡《ぶ》萄水《どうすい》と水のようだ。杯は四つあり、二つは空だ。椅子の数といい、杯の数といい、今日の席には四人が参加するらしい。

猫猫はそっと視線を主上へと移す。美髯《びぜん》は変わりなく、顔色も悪くない。

（いや）

悪くないように見せている。頬の表面にこすれた跡があり、主上の肌色に合わせた白粉《おしろい》で誤魔化していることがわかる。

（遠目では気付くまい）

側近たちは、周囲に不調を勘繰られないように努力していたようだ。主に高順あたりが頑張ったのだろう。

猫猫が帝《みかど》を観察している間に足音が聞こえてきた。

「遅くなりました」

壬氏は拱手《きょうしゅ》しながら頭を下げる。宦官《かんがん》の真似事をやめてから、彼が頭を下げる相手は一人しかいない。

「座るといい」

主上が口にする。あくまで主上の客が壬氏で、阿多の客が猫猫なのだろう。なので、猫猫の対応は阿多がした。

「酒も肴《さかな》もない。果実水とただの水、どちらが良いか？」

阿多が二つの徳利をつまむ。猫猫が代わりに酌《しゃく》をしようとしたら、そっと止められた。

おとなしく客人でいろということらしい。

「果実水で」

「水でお願いします」

酒で酔いたいところだが、ないのであればしかたない。猫猫は、ただの水を頼む。

「今宵《こよい》呼び出した理由を、説明しよう」

二つの杯に液体が満たされたところで、皇帝が本題に入る。

「はい」

阿多と猫猫は黙り、壬氏だけが答える。

阿多はすでに知っているのだろう。猫猫は発言が許されるまで基本話さない、話せない。

「医官たちから話が来ているだろう。朕《ちん》が明日の手術を渋っていると」

「はい」

「一応、言っておくぞ。渋っているわけではない。やるべきことをやってから、手術に挑みたいと伝えたまでだ」

そのやるべきことがこの一席のようだ。

「手術の成功率は高いらしいな。羅漢《ラカン》の娘よ」

「……はい。九割は超えるかと」

呼ばれ方に引っかかるものがあるが、とりあえず猫猫は答える。

「では手術せずにこのまま現状維持で行くのはどうだろうか？」

（それは無理）

猫猫は背筋を伸ばす。

「痛みが以前よりおさまっているなら問題ありません。ですが、そうではないと医官たちが判断されたのだと思います」

ここで主上の主観を聞いてはいけない。主上が自ら「痛くない」と言われたら、それを信じるしかなくなる。

「悪化したらどうなるのか？」

「虫垂炎《ちゅうすいえん》、内臓の一部で盲腸《もうちょう》の近くにある器官が腫《は》れる病気であれば、虫垂という部位が化膿《かのう》して破裂します。膿《うみ》が腹の中にまき散らされることによって他の病を引き起こし、死亡に至る、とこれまでの症例にあります」

猫猫はできるだけ正確に答えるように気を付ける。

「では――」

虫垂炎以外の病だった場合、その対処法。どうしても手術を行わねばならないのか、と主上は次々と質問する。

猫猫は、玉葉后に説明したように話す。

主上と壬氏には再確認するように、阿多には納得するように。

（阿多さまはやはり外の人扱いなのだろうな）

阿多は、うっすらとは話を聞いているようだが、細かい説明は受けていない。なのに、この場にいることが不穏に感じられて仕方ない。

「うむ。ちゃんと仕事を教えてもらっているようだな」

言うまでもなく医官たちと同じ内容だったのだろう。これでちゃんと説明できなければ、医官手伝いの官女《かんじょ》などお飾り職と思われたかもしれないので、よかったと安心する。

（いや、ここで安心するんじゃない）

帝《みかど》は何をお考えか、それが今の重要事項だ。

「この通り、真面目で正直で頑固な医官たちは、必ず助かるとは言ってくれない。もちろん、最善を尽くすのはわかっておる。だが、もしもを考えるべきだろう」

「滅相もないことはおっしゃらないでください」

「滅相もないことか。しかし、瑞《ズイ》よ。ここ数年、おまえが虫が襲いかかってくると妄言《もうげん》を繰り返して増税の理由にしていると、何度官たちが朕《ちん》に進言してきたと思う？」

「実際蝗害《こうがい》が起きたではありませんか？」

壬氏はむすっとして言う。『瑞』というのは壬氏の本名だろう。下々の者が聞くことはできない皇族の真名《まな》だ。

「そうだ。だから朕も『もしも』に備えることはおかしくない」

（これはぐうの音《ね》もでない）

帝はしてやったりの顔だが、腹を押さえている。痛みを我慢しているのだと、猫猫は気付いた。

「朕にもしものことがあった場合、何をすべきか書き記しておきたい」

（遺言残してなかったんかい？）

猫猫は思わず口に出しそうになった。いかんいかんと口を閉じる。

「そのために、瑞の意見を聞きたい」

「どのような意見でしょうか？」

「瑞は、朕のあとを継ぎたいか？」

いつもならここで飲み物、食べ物を噴き出していただろう。あいにく食べ物はなく、飲み物にも手を付けていない。

壬氏は変わりない表情だ。

「東宮《とうぐう》がいらっしゃいます」

「まだ五つにもならぬ子だ。政《まつりごと》ができるまで何年かかるか」

「玉袁殿《ギョクエン》がいます」

「玉袁は高齢だ」

「ほかにも身内はいましょう」

壬氏は受け流す。猫猫は持ってきた胃薬はいらなかっただろうかと思ったが、壬氏の類が何度か痙攣《けいれん》したので、やはり必要かもしれない。

「東宮《とうぐう》は、外戚の傀儡《かいらい》にならぬと？」

「わかりません。ただ、多少は西を贔屓《ひいき》されることはわかりますが」

戌西州《いせいしゅう》出身だからそれはありうる。『玉《ギョク》の一族』が権威を持てば、西の交易などが重要視されるだろう。

「幼い子どもだ。病で亡くなる場合も考えられるぞ」

縁起でもないことを主上は述べる。

（こんな話しないでくれよ）

猫猫の胃が痛くなってきた。

「梨花妃《リファきさき》の子もいます。素養だけで言えば、梨花妃より国母にふさわしいかたはいません」

壬氏は言い切る。

梨花妃の評は、猫猫も壬氏と同じである。西を贔屓しそうな玉葉后よりも、国全体を見てくれるだろう。

「陽《ヨウ》よ。月《ユエ》を困らせるな」

主上を『陽』と呼ぶのは阿多だ。

ここが四人しかいない空間とはいえ、一国の主を『陽』と呼ぶ。猫猫は鳥肌が立ってきた。第三者がこの場にいれば、不敬と扱われる。『月』と呼ぶのですら、躊躇《ためら》われるというのに。

「はっきり言えばいい。やはり、あの皇子が生きていればと。堂々と、私が皇子を死なせたことを責めるといい」

猫猫は、鳥肌どころか羽毛《うもう》が生えてきそうだった。

（早く帰って夕飯食べたい。作るのめんどい。燕燕《エンエン》の作ったごはんが食べたい）

猫猫は遠い目をするしかない。

「誰もそんなことは言っていない」

帝《みかど》の髭《ひげ》は小刻みに震えていた。

「しかし、私がちゃんとしていれば何もかもうまくいったのではないか？」

阿多には珍しく、自虐するように言った。普段、自信満々で凛々《りり》しい阿多にはあるまじき言い方だ。

猫猫には、阿多が赤子を取り換えなければ、と言っているように聞こえた。

（そのことは帝も知っているのだろう）

猫猫も知っている。

知らないのは当事者である壬氏だけだ。

「子は育ち、成人し、きっと聡明に育っただろう。八つ当たりのように優れた医官を追放することもなかった。死んでいった多くの子どもたちも、その医官ならちゃんと育つように指導したはずだ」

確かに、と猫猫は思う。阿多が、壬氏と本物の皇弟《おうてい》とを取り換えなければ、「優れた医官」こと羅門《ルオメン》は追放されずに済んだかもしれない。

ただ、今目の前にいる壬氏は、とうに死んでいたかもしれない。

「問題があるとしたら私の身分だ。私がやったことだ、全て私がやったことだ」

「……れ」

「なんだ？　聞こえないぞ」

「黙れ！」

立ち上がった主上の叫びで鼓膜が破れるかと思った。普段、表情を変えることがないお人であるが、今はこめかみを引きつらせ、じっとり汗をかいていた。

（胃薬じゃ足りねえ！）

よほど声が大きかったのか、離れた扉を叩《たた》く音がする。外にいる高順たちだ。

主上は脂汗をかきながら、座る。息を整えつつ、猫猫を見る。

「……何事もないと伝えよ」

「かしこまりました」

猫猫は扉を開ける。

「主上のお声が聞こえましたがどうかされましたか？」

高順が心配そうに言った。

高順、馬なんとかさん、雀に加えて、馬閃《バセン》が増えている。馬閃は護衛として壬氏と共にやってきたのだろう。

「何事もないと伝えよ、と伝えにきました」

「そんなわけなかろう！」

馬閃がつっかかるが、高順が頭をぐいっと押さえる。

「わかりました」

高順は深く追求しない。

「何かありましたら、すぐ助けを求めてください」

「はい」

猫猫は扉を閉めると、元の丸椅子に座る。

ぎすぎすとした雰囲気はまだ続いている。

（さっきのでさらにいらいらがたまったな）

ここで虫垂《ちゅうすい》を爆発させたりしないでほしいと猫猫は願う。

「阿多よ。しばらく黙っていろ」

「……」

阿多は不満そうだが、それ以上何も話そうとはしなかった。

「瑞、なぜ帝位を拒む？　国の頂《いただき》に立てるのだぞ」

今度はなだめるように主上が言った。

壬氏は視線を泳がせる。

「国の頂がそれほどいいものでしょうか？」

「朕《ちん》はそれしか知らぬ」

その通りだと猫猫は思った。

「朕以外に誰もいない。いや、いたとしても消されていた。朕の祖母はあの女帝であるからなあ」

実の祖母を女帝と呼ぶ。

先帝の唯一の御子《みこ》としてずっと生きてきた。先帝の幼女趣味のせいで、他に子どもの誕生は見込めなかった。ずっとずっと大切にされてきたはずだ。

帝《みかど》になる、それ以外の道を示されなかった。

「瑞。おまえは朕よりもずっと広い世界を楽しんできた。それはおまえが可愛かったからだ。かといって甘やかしてもおらぬ。おまえなら、朕のあとをついでもちゃんとやれるだろう？」

「玉葉后は、東宮《とうぐう》はどうなりますか？」

「東宮はまだ幼い」

「摂政《せっしょう》を立てればよろしいでしょう？　今更、私が出ていったところで波乱しか呼びません」

そうだと猫猫は思う。堂々巡りの会話。どちらも引かないのは、引けない何かがあるからだ。

（矛盾している）

主上は、壬氏に次の皇帝の座につかないかといいながら、とうに違う皇子を東宮にしている。もちろん、宮廷内の権力調整のためにやっているのかもしれない。表向き、自分の子どもを優先したのかもしれない。

本来、皇帝の遺言をまとめるのであれば、阿多がいるのはおかしい。玉葉后がいるほうがまだ納得できるが、こんな遺言なら絶対呼んではならない。

「何より私には複数の女を相手にできるほど器用さはないのです。一人で十分です」

（……）

「後宮《こうきゅう》の試金石のくせにか？」

「そう呼ぶのはやめてください！」

壬氏が声を荒らげる。怒るというより、気恥ずかしさが混じった焦りだった。

（複数の女を相手にねえ）

あれだけ後宮《こうきゅう》内で妃《きさき》や女官《にょかん》を射落としてきた男だが、化けの皮が一枚剥《は》がれると不器用この上ないことがわかる。不器用すぎるゆえ、用意周到になる。猫猫は困ってしまう。しかし、帝《みかど》は何を考えているのだろうか。壬氏がこの場所でやらかしたことを忘れてはいないだろうか。しばらく見ていないが、まだ横腹にくっきりと牡丹《ぼたん》の焼き印が残っているはずだ。

だが、それも承知の上だろう。

「もし、一人の女しか相手にできないというなら、その者だけを囲うがいい。後宮に数多《あまた》ある花のうち、一つだけを愛《め》でればいい」

「子は作らなくていいのですか？」

「できなければしかたない。さすれば、おまえが帝位についても、東宮《とうぐう》は東宮のままでいられるだろう」

(それは絶対やめてほしい)

帝は、壬氏に他の妃の元に通わなくてもいいと言っている。

「いいえ。それは駄目です」

壬氏はきっぱりと言った。

「何が駄目だ？　やはり自分の子を帝位につけたいか？」

「いえ」

壬氏はまつ毛を伏せる。

「たった一人の妃だけを愛でるのは、他の妃を全て敵に回すことになります」

「そんなもの、加護してやればいいだろう？」

「数多の恨みは、強大な加護をもすり抜けるのです」

壬氏は拳を握る。

後宮にずっといればわかることだ。帝の花園の女たちがどれだけ美しく、ずる賢く、醜いか。

「恨みつらみは、直接傷を付けなくとも、心を病ませます」

「ではどうするのだ？　そのたった一人を」

「ええ。……きっと、妃になど、できないでしょう」

壬氏はゆっくり猫猫を見た。

「そのあるがままの形を唯一と思っているのに、自分のせいで四方八方から叩《たた》かれ形成される場所へと閉じ込めてしまう。形が変わるかもしれない」

「変わらぬままやもしれない」

「変わらないと思わせているのかもしれません。でも、私には難しい」

壬氏は笑う。空虚な笑いだが、その両拳は決意するように握られていた。

「唯一を囲うくらいなら、まだ解き放ったほうがずっといい」

壬氏は、ぎゅっと拳に青筋が見えるくらい力をこめている。

「できるのか？」

その腹の焼き印はどうすると、帝《みかど》は語っている。

壬氏はにっこり笑い、脇腹を撫《な》でる。

「そのときは万遍なく焼くなり、削り落とすなりしないといけませんね」

猫猫は思わず立ち上がり、壬氏を睨《にら》んだ。

（二度とするなって！）

壬氏は猫猫に申し訳なさそうな顔をする。許してくれよと、甘えるような顔だ。

腹を焼いても処置は絶対しないぞ、と猫猫は鼻息を荒くして椅子に座り直す。

「ずいぶん、浪漫《ロマン》を語るなあ。のう、阿多よ」

主上が阿多を見る。阿多は言われた通り、ずっと黙っていた。

阿多は口をぽかんと開け、呆然《ぼうぜん》としていた。その見開いた目からはひと筋、涙が流れていた。

「阿多？」

「ん、ああ。そうだな」

阿多は零《こぼ》れた涙を弾《はじ》き飛《と》ばすように、顔を振る。

「阿多？」

主上は戸惑いを見せていた。

「なんだ？　もう喋《しゃべ》っていいのか？」

阿多はいつもの気丈な阿多に戻っていた。さっきの表情と涙は、長椅子にしみこんだ水の痕がなければ幻と思っただろう。阿多は濡れた痕を隠すように手のひらをのせた。

「それで月はどうしたい？」

「私は主上の臣下でいたいのです。代替わりするときも、東宮《とうぐう》の臣下となりましょう」

「東宮に帝位の重み、後宮《こうきゅう》という手間のかかる花園を任せてもか？」

意地悪な質問をする、と猫猫は思った。

「臣下とは、その重みを軽くするためにあります。あと、東宮が花の扱いに長《た》けていることを願うばかりです」

壬氏は気まずそうに答える。阿多の涙には気づいていた。

「だそうだ」

「……」

主上は、壬氏を見ず阿多を見ていた。その視線は、阿多の目、鼻、口を辿《たど》り、右の手のひらを見ている。

阿多がさっき零した涙の痕を確認しているようだった。

十六話　告白　裏

取り乱してしまった、と阿多《アードゥオ》は思った。

ほかの三人の表情を見て、気付かれたと思いつつも、知らないふりをしてくれるのは助かったと感じた。なかったことにしてほしい、なかったことにする。

阿多は、陽《ヨウ》は手術前になぜこんなふうに月《ユエ》を呼び出したのか、そして表向き無関係な自分を呼んだのか、考えた。

陽は、月を手放す気がないのだと思った。それは、阿多と昔交わした下らぬ約束のためか、それとも己《おのれ》が『天』であるために、月にも『天』を継がせたいのか。

故に遺言としながら、阿多などを呼ぶ。

本来、そんな重要な場面に妃《きさき》でもない女はいらない。皇后である玉葉《ギョクヨウ》を呼ぶべきなのだ。

月を縛る方法はある。それこそ、帝《みかど》として公式に後継者に指名すればよい。敵は多かろうが味方も多い。なにより実の息子ではなく弟を指名することは、周りを困惑させるだろうが、それも解決する。

ここで月に自分の本当の息子であると伝えればいい。

いくら月であろうとも、陽の命《めい》を拒めなくなる。

まだ他の皇子たちが幼いこと、月の執務能力の高さ。その二つは、生母である阿多の位の低さも撥《は》ね除《の》けるだろう。後ろ盾になりたい家門はいくらでもいる。

ただ、皇后玉葉とその一族にとってはとんでもない話だ。

陽は玉葉を寵愛《ちょうあい》している。彼女の立場以外に、人柄も気に入っているだろう。阿多も玉葉とは何度か茶会をしたことがあるが、いい妃だと思った。少なくとも好んで国を陥れようと思う性格ではない。

玉葉を困らせたいわけではない。

火種となる死んだはずの皇子を、あえて今更出す必要はない。

陽がやろうとすることは、愚かにもほどがある、と阿多は考える。

でも、当人はわかりつつも思っているはずだ。

陽は『人』ではない、『天』である。それ以外の者は『人』なのだ。陽がやることは、陽が皇帝であるうちはなんでも許されるのだ。それこそ天命が革《あらた》まらない限り。

『天』なので『人』を好きなように扱える。たとえ思いつきでも、夜伽《よとぎ》の相手に選ぶことがどんなことか考えなくてもよい。『人』一人を生涯面倒見るだけの権力を持っている。

だから、気にしなくてよい。

陽は『天』だが、月はどうだろうか。月もまた『天』であるのか。それを確かめるために、猫猫《マオマオ》を呼んだ。

月はどんな選択をするのか、阿多のように猫猫も囲われるのかを、確認するために。

それは阿多の懸念だった。

月は『天』ではなく『人』だった。

陽はまだ阿多を見ている。

阿多は落ちた雫《しずく》を手のひらで隠しながら、陽を見る。

「陽よ。月はこのように言っている。どうするのか？」

阿多は、いつも通りの声を出せたはずだ。

「……」

陽は戸惑っている。『天』たる者、戸惑いなど見せてはならぬというのに。こうしてたまに、『人』のようにそれを見せるから阿多は困ってしまう。

「一度帰らせるか？」

「……ああ」

陽は、一度頭を冷やすことにしたのだろうか。解散を提案する。

陽の態度に、月も猫猫も呆然《ぼうぜん》としていた。月はなぜ阿多がこの場にいるのかわからないだろうし、さらに阿多が猫猫を呼んだことも意味不明だろう。

察しがいいのに気付かない。

陽を「ちちうえ」と呼んでいる時期もあった。

月と阿多は雰囲気が似ていると何度も言われただろう。

実際、阿多は月の身代わりをしていたこともあった。

陽と月の関係が本当はどんなものか、気付いていて知らないふりをしているならばそれでも良い。

それとも水蓮《スイレン》が上手く誤魔化しただろうか。

どちらでもいい。

阿多にとって月は『人』であった。それが確認できたのだ。

阿多にとって月は息子だ。だが、それを明言してはいけない。月を『人』のままにするには、阿多の息子であってはならない。

「よろしいのですか？」

月が陽に訊《たず》ねる。

「ああ」

「手術はどうされますか？」

「心配するな。おとなしく受けよう」

この言葉に、月よりも猫猫がほっとした顔を見せる。

「遺言はどうするんだ？」

聞きにくそうな月に代わり、阿多が聞いた。

「あとで書いておく。とりあえず帰れ」

月の表情が不安でいっぱいになっている。猫猫も不安そうだが、手術を受けるという言葉のほうが大きいらしく、そこまで深刻そうではない。

「では、失礼するか」

月と猫猫についていくように、阿多も席を外そうとした。

「待て」

「なんだ？」

「おまえには用がある」

陽は阿多の手を離さない。

「はいはい、わかったよ。気にせずに帰れ、二人とも」

月と猫猫は顔を見合わせつつ、退室する。

静かになったところでようやく陽が手を離した。

「私に代筆しろなどと言うなよ。おまえが死んだら、捏造《ねつぞう》だと処刑されてしまう」

「そんな真似するか」

陽は天井を見る。

「月を次の帝《みかど》にと書かないのか？」

陽は黙ったままだ。

「月ならその座に即《つ》けばちゃんと仕事をこなしてくれよう。東宮《とうぐう》が育った頃に自ら退位するだろう」

陽はまだ天井を仰いだままだ。

「歴史に残る賢帝とならずとも、愚帝にはなるまい」

陽は目を大きく開いている。

「自分が月の父親だと告白しないでいいか？」

「……書き記せばよいか？」

「いいや。私に国母は似合わないだろう？」

阿多は自虐するように言った。

「てっきり月に言うかと思ったぞ。私のやった過ちのことを」

「それを想定してわざと部外者を連れ込んだのは、阿多だろう？　あの娘をどんどん野放しにできなくなるぞ」

「言っても問題あるまい。猫猫は聡《さと》い」

「羅漢《ラカン》の娘だからなあ。逃げられたら捕まえられるかどうか」

「その時は私も猫猫を逃がすのを手伝おう」

「おまえは誰の味方だ？」

なぜずっと陽は天井を見ているのかわかった。その目にあふれる涙をこぼすまいとしている。口が回るのも強がっているかららしい。

「阿多よ。おまえは朕《ちん》を恨んでいるか？」

「陽よ。逆に恨まれないと思っているのか？」

「おまえに与え足りないものが何かあったのか？」

「ははは。そういうところだ」

陽は阿多によくしてくれた。東宮《とうぐう》時代も帝《みかど》になってからも、阿多が不自由せぬよう取り計らってくれた。後宮《こうきゅう》を去ったあとも便宜《べんぎ》を図り、特別であることは、周りにも明け透けだったはずだ。

「私を国母にしたかったか？」

「してくれと言ったのはおまえだろう？」

陽の声はかすれていた。

「阿多は朕との約束は守る。約束を反故《ほご》にしない限り、守るだろう？」

「そうだ。逆に何度、おまえから約束を破られたことか」

阿多は呆《あき》れた弟分に手を伸ばす。涙を拭き取ってやることはしない。逆に髭《ひげ》を引っ張ってやった。

「月の代わりに東宮を立てても、幼いうちは私が残ると思ったのだろう？」

「ああ。阿多は律儀《りちぎ》だからな」

阿多は腹が立った。このまま髭を引き抜いてしまおうかと指に力が入る。

「幼い東宮を立てることで、他の臣下たちを上手く操る。時が来れば、立派に育った月と入れ替える気だったか？　それとも、私との約束を反故にするつもりだったか？　約束を反故にするなら、さっさと宣言してくれればよかった。何年も何十年も私を飼い続けるつもりでいたか？」

優柔不断だ。あってはならないことだが、陽はそれが許される。

「政治ならもっときっぱり決めることができるだろう。私のような無駄なお荷物はさっさと切ってしまえばよかったんだ！」

「荷物ではない」

「荷物だろう！　何年、役目のない妃《きさき》と笑われてきたと思う？　おまえは知らん。女たちの諍《いさか》いは男ほどひどいものじゃないと高《たか》をくくっている。そうだな、直接の殴り合いは少ないな。たまに刺され、たまに毒を盛られ、たまに火を付けられるくらいだ」

阿多は陽の髭をぐいっと引っ張り、無理やり視線を合わせる。あふれていた涙がこぼれ、はじけるように阿多の頬にかかった。

「私はもう子を産めなくなった。その子どもが死んだとき、なぜさっさと約束を反故にしてくれなかったのだ？」

「阿多よ。おまえは自分からは約束を反故《ほご》にしない。もう約束が守れないと知ったら、どんな形であっても、勝手にどこかへ行ってしまうだろう」

だが、阿多は陽の下《もと》に残っていた。

「だからか。赤子の入れ替えに気付いたのは」

阿多は思わず笑いがこぼれていた。入れ替えの共犯である安氏《アンシ》も水蓮も裏切るわけがないのに、なぜ陽にばれたのかずっと疑問だったのだ。

「私の行動原理はよくわかっているんだな」

「ああ」

「そんな陽が私のやりたかったことを忘れたわけでもあるまい」

「ああ」

陽が東宮《とうぐう》だった時代、勉強が嫌で抜け出した先、隠れて菓子を食べることがよくあった。食べながら駄弁《だべ》りつつ、話したことがあった。

『どうせ私は官になれない。なら、商人にでもなろうかな』

阿多が欄干《らんかん》によりかかってそんな話をしたのは何十年前か。「指南役」として夜伽《よとぎ》をすれば、商人どころか後宮《こうきゅう》の外にすら出られなくなる。

陽がそんなことがわからないわけがない。

「陽にとって夜伽を命ずるのはただの思いつきだが、私にとっては一生の問題なのだよ」

「……阿多が商人になれば、宮廷に戻ってくることはあるまい」

陽の、白髪がまざり始めた髪がはらりと落ちる。白粉《おしろい》がかすれた頬は、くすんでいた。

「朕《ちん》を置いたまま、戻ってこないだろう？」

「戻ってくるも何も、陽から命じられなければ、会うことはできないだろう？」

阿多が陽を呼び出せる権限はない。逆ならまだしも。

生まれた時点でその立場が違う。母である水蓮が乳母にならなければ、一生お目にかかることはなかったような相手だ。

陽の言いたいことはわかる。陽はなんでも与えられるが、どこにでも行ける人ではない。

阿多が遠くへ行くことを恐れたのだろう。それこそ、十二、三の幼い時分には、深く考えることもできなかったはずだ。

「おまえをどこにもやりたくなかった。だから、約束を守ろうとしたんだ」

「誰も得をしない約束をか？　私が本当に国母になりたいわけじゃないとわかっていてもか」

「そうだ」

陽は『天』として阿多という『人』を所有した。

陽の子である月はどうするだろうか。

父親と同じ道を辿《たど》るのか、そのために猫猫を呼んだ。猫猫を所有するつもりか否か、それを確かめたかった。

杞憂《きゆう》だった。

月は『天』ではなく『人』であった。

「阿多よ。もし、おまえが商人になっていたら、朕《ちん》と友人でいられたか？」

「宮廷御用達にしてくれたらいくらでもな」

「ははは」

陽は目を細め、笑《わら》い皺《じわ》を作る。

「なあ。頼みがある」

阿多は髭《ひげ》から手を離し、陽の首に両手を回した。顔を間近に近づける。手のひらに白粉《おしろい》がまとわりつく。

「約束は私から反故《ほご》にしてやる」

「朕のもとから出て行くということか？」

阿多は、顔を上げようとする陽の頭を必死におさえる。

「いや、最後までいてやる。私の宮の荷物は、他では抱えきれないほど大きいからな」

翠《スイ》に『子《シ》の一族』の子どもたち、それから砂欧《シャオウ》の巫女《みこ》。

「だから月の好きなようにやらせてやってくれ」

陽の耳元で、小さな声で言った。

「おまえの愚痴などいくらでも聞いてやる。それこそ骨をうずめるまで」

阿多は自分の頼みがどれほど傲慢《ごうまん》か知っている。

阿多の子は月一人だが、陽の子は月以外にもいる。なのに月だけを特別扱いしろと言っている。

それこそ最大の贔屓《ひいき》を頼んでいる。

「あの子は皇族だが、あまりに『人』に近すぎる。優しすぎる」

「そうだな」

「賢君になれる才はあるが、同時に長生きするとは思えない」

「かもしれない」

皇帝に必要なのは優しさではない、慈悲なのだ。上から下に施すものであって、民を己《おのれ》と同等と見て考える君主は、病んでしまう。その病みを癒やせる者を、月は元々巻き込むつもりはない。

玉葉に梨花《リファ》、他の妃《きさき》たちには悪いと思っている。

とてつもないわがままを阿多は陽に頼んでいる。

自分の子を守るために、他の子どもたちに責を押し付けようとしていた。

「失敗したんだ。賭けの戯《たわむ》れに後宮《こうきゅう》の管理など任せたのが間違いだったんだ。なんでそんな賭けをしたんだ？」

「阿多よ。あいつは案外ずる賢いぞ」

「ははは。後宮内では妃《きさき》たちを誑《たぶら》かしまくっていたからなあ」

「その割には、全然手をつけていなかったな」

「陽にとっては子作りする手間が省けるが、月は面倒くささをよく理解していたんだろう」

阿多の腕の中で陽の頭が揺れる。笑うだけの余裕はできたようだ。

「陽、早く寝ろ。明日は痛い痛い手術の日だぞ」

「煽《あお》るな。わかっている。さっさと寝る。寝不足で体力がなくなって、変に作用したら一大事だからな」

「遺言書は書かないのか？」

「朕《ちん》は死ぬつもりはないぞ」

「それでも書いとけ。失敗しても医官たちに罪はない、とな」

阿多は陽の頭を離す。

「朕を殺す前提だな」

陽は、いい年をして膨《ふく》れっ面《つら》だった。

「猫猫もその養父とやらも手術の手伝いをしている。手術が失敗となったら、『羅《ラ》の一族』が敵に回るぞ」

「やめてくれ。羅漢には叔父を追放した件で散々いびられてきたんだ」

「失敗したときは、この世にはいないからいびられることはない」

「だから死ぬ前提で言うな」

そう言いつつ、陽は筆記用具を取り出した。

「相変わらず悪筆だな」

「うるさい」

十の子どものようなやりとりをして、阿多と陽は遺言を書き始めた。

陽は『天』で、阿多は『人』。それでも友人の真似事くらいはできるのだ。

十七話　不安

猫猫《マオマオ》たちは、困惑したまま退室した。

「一体、どうされたのですか？」

部屋を出るなり馬閃《バセン》が聞いてくる。

「どうもこうもないが、とりあえず追い出された」

壬氏《ジンシ》は、呆然《ぼうぜん》とした顔だ。まだ何の解決にもなっていない。帝《みかど》が何をしたいのか、何を書き残してくれるのか確かめていない。

帝は何かに気付き、勝手に納得したように見えた。

その真意はわからない。なので壬氏は呆然となり、不安という不安に押しつぶされようとしている。

「主上は手術を受けると言ってくださいました」

猫猫が代わりに説明する。

「本当ですか？」

高順《ガオシュン》はほっとした顔をしている。

「はい。あと阿多《アードゥオ》さまとはまだお話があるようで、残っておられます」

「そうですか」

高順は扉を見つめる。高順もまた帝の乳兄弟《ちきょうだい》だ。思うところがあるのだろう。

「それでは、私は帰ってもよろしいですか？」

猫猫は早く夕餉《ゆうげ》を食べて、寝て、明日に備えたい。食事と睡眠を削るのは、何より仕事の質を悪くする。

「そうだな早く帰ろう」

壬氏も同意するので、猫猫たちは高順と馬《バ》なんとかさんに見送られる。高順たちは帝と阿多の護衛のため、まだ残るのだ。

「はいはい。雀《チュエ》さんが送っていきますよぅ。ついでに夕餉もどこかへ食べに行きましょうか？」

「それはいいですね」

「あっ」

猫猫と雀が乗り気なところで、壬氏の遮《さえぎ》るような声がした。

「どうかしましたか？」

「いや、うん、なんというか」

壬氏はしどろもどろになっている。

「おい！」

馬閃が猫猫と雀に向かって勢いよく言った。

「なんでしょうか？」

「もう夜も遅い。女だけで外食していいはずないだろう！」

「そんなに言うなら、義弟くんがついてきてくださいよぅ。月の君を送り届けたあとなら、問題ないでしょうに」

「うむ。そう言われれば」

壬氏は「そっちじゃない」と顔に出しているが、言い出せない。

「どうせ食べるのなら麺がいいのだが」

「麺ですか、いいですねぇ。美味しい刀削麺《トーショーメン》のお店知ってるんですけどぉ」

「刀削麺か！」

馬閃は意外と乗り気だ。この様子だと外食くらいはやったことがあるようだ。

（相変わらず空気読めないなあ。こんなんで里樹《リーシュ》さまを娶《めと》れるんだろうか）

猫猫は勝手なことを思う。

壬氏といえば、悔しそうな顔をしていた。皇族ともあろう者が、夜間、外に麺を食べに出かけるなどあってはならないことだ。「俺も一緒に行きたい」と言い出せないでいる。

（普段食べている麺のほうがよほど上等だろうに）

宮に帰れば、ばあやこと水蓮《スイレン》が温かい夕餉《ゆうげ》を準備してくれているはずだ。素材も料理人も一流なので、そこらの店で食べる麺料理より美味しいはずなのに――。

（それはそれ、これはこれ）

外で食べる麺料理は格別なので、壬氏が羨ましがるのもわかる。前に変装して街歩きをした際、とても美味しそうに串《くし》焼きを食べていた。あの手の、庶民の味が口に合うのかもしれない。

とはいえ、そろそろ壬氏に助け船を出してやらないとかわいそうになってきた。

「あのー、私、やはり疲れているので外食はいいかなと」

「えー、そうなんですかぁ？」

雀はわざとらしく言った。馬閃と違い、雀はわかってやっている節がある。

「じゃあ、何が食べたいですかねぇ？」

「……」

（燕燕《エンエン》が作った咕咾肉《すぶた》と言いたいところだけど）

「今は、前に水蓮さまが作ってくれた鮑粥《あわびがゆ》の気分です」

「そ、そうか！」

壬氏が急に元気になる。

「粥くらいならいつでも作ってくれるはずだぞ、水蓮は」

「そうですね」

「では宮で食べていくか？」

「いえ。もう夜分遅いので、いただけるのであれば」

お持ち帰りにいたしますと猫猫は答える。

「そうか、麺は駄目か」

さすがに馬閃とて、雀と二人で外食する気にはならないらしい。

「義弟くん。ここで問題です。君がさっさと先に行って、水蓮さまにお粥《かゆ》準備してくださいまし、と伝えたらどうなるでしょうか？」

「時間が省けるな」

猫猫が待つ時間が減るだろう。

「そうです、だから行ってらっしゃい」

「いや、月の君の護衛はどうする？」

「外に他の護衛がいるでしょう。問題ありませんから、ぱしってきてくださいよぅ」

馬閃はしぶしぶ走っていく。

雀は馬閃が見えなくなったところでにやっと笑いながら、壬氏と猫猫を見る。

「すみません。月の君。雀さんは今大変お花を摘《つ》みたい気分なのですけど、先に出てよろしいでしょうか？　はい、この宮の外に出るまで特に危険はないと思うんで、護衛がいなくても大丈夫だと思うんですけどねぇ」

「そ、そうだな。早く手洗いに行くといい」

「嫌ですよぅ。手洗いではなくて、お花を摘みにですってば」

雀は片目を瞑《つぶ》り、走って行った。

二人きりにさせる口実なのははっきりわかった。

壬氏の足取りがやたら亀《かめ》の歩みになったので、猫猫も歩調を合わせる。

「壬氏さま」

「なんだ？」

「不安ですか？」

猫猫は壬氏の顔をのぞき込む。

「不安じゃなかったらなんだというのだ」

「主上が遺言で、壬氏さまを皇帝にと言ったらどうします？」

「どうもこうもない。撥《は》ね除《の》ける……わけにはいかないのだろうな」

「ええ。国が荒れますけど、まあ壬氏さまならなんとかやってくれるんじゃないかって、周りも思っているはずですよ」

壬氏が国を治めれば、よほど情勢が悪化しない限り、太平の世になるだろう。ただ、その治世は無駄に真面目で休むことを知らない、神でも仙人でもない青年の命を代償に作られるはずだ。

「その時は、私は隣にいなくてもいいですか？」

「……そういう言い方はやめろ。命令したくなる」

つまり、壬氏は猫猫に、妃《きさき》という面倒な地位につかせるつもりはないらしい。

以前、猫猫を『妻にする』と言った男は、『妃にする』つもりはないらしい。

「腹は焼かないでくださいね。焼く前に植皮ができるか試したいです」

「しょくひ？」

「皮膚を植えると書きます。火傷《やけど》をした主人の皮膚に、奴隷の皮膚を貼り付けたという記録があります」

壬氏は顔を歪《ゆが》める。

「それ、大丈夫なのか？」

「失敗したとありました」

「駄目だろ」

「ええ。でも、本人の皮膚なら定着するのではと考えています。臀部《でんぶ》あたりの皮膚を切り取って――」

壬氏は思わず己《おのれ》の尻を押さえる。

「いや、無理やり剥《は》いだりしませんってば」

「絶対やめてくれ」

「はい」

壬氏は疑いの目を向けつつも、尻から手を離す。

(私が尻を狙っているみたいじゃないか)

別に他の部位でもいいが、尻あたりが広く取れていいと思っただけだ。

「そういう猫猫は不安ではないのか?」

「不安ですとも」

「そういうふうには見えないけどな」

確かに壬氏よりも不安はないのかもしれない。

「私の今の目標は手術を成功させることです。主上が手術を受けないことが当面の一番の心配だっただけに、受けるという言質《げんち》を取っただけでも万々歳《ばんばんざい》ですよ」

「その先のことは心配にならないのか?」

「私の特技は、面倒くさいことはとりあえず忘れるということです」

「なんとなくわかった」

壬氏はとりあえず納得してくれたようだ。

「しかし、その様子だと手術の成功を信じているようだな。成功率は九割と聞くが、残り一割の心配はないのか?」

「手術自体は成功します。なぜなら、劉《リュウ》医官が執刀しますし、養父の羅門《ルオメン》も補佐に入ります。あと、劉医官以外にも執刀できる人材を何人か育てております」

そのうち一人が天祐《ティンユウ》なのは気に食わないが仕方ない。

手術前の麻酔についても、毒性が弱い薬を使い、鍼《はり》と併用して行う。

猫猫の仕事は術後の経過を診《み》ることなので、問題がある一割は猫猫たちの働き次第だと思っている。

外野を黙らせ、患者の意思確認がしっかりできたので、もう勝ったも同然だ。

「前向きだなあ」

「前向きではありませんよ。何かあった時のために、関わった医官たち全員分の毒を調薬しております」

「……」

「痛みも苦しみもなく逝《い》ける配合になってい……、いててて」

壬氏は猫猫の頰を引っ張った。

「そんなもの、絶対に使わせん」

（絶対なんてことはないんだけど）

猫猫とて、そこで壬氏をくじく言葉はやめておいた。さっきの皇帝とのやり取りでだいぶ疲れているだろう。

亀《かめ》のような歩みでも、出口には近づいていく。

壬氏は名残惜しいような顔をしている。だが、猫猫にも壬氏にも明日がある。次につなげるためには万全の準備をせねばならない。

「行きましょうか」

「ああ」

宮の重い門を開いた。

十八話　手術前

手術は正午に開始する。

「さらしよーし、軟膏《なんこう》よーし」

猫猫《マオマオ》は何度指さし確認をしただろうか。

薬は最高級品を丁寧にすり潰し、不純物がないよう一つ一つ作った。

さらしも新しい麻布を均等に裂いて煮沸《しゃふつ》消毒済みである。

猫猫は劉小母《リュウおば》さんと最終確認をしていた。掃除も兼ねて丁寧にやっている。

寝所もぬかりない。

術後の主上の部屋は、言うまでもなく特別室だ。普段の寝所ではなく、近くに別の部屋を特別に作った。すぐそばには医官たちが常駐する部屋もある。一日中、何か異変があれば夜中でも泊まり込みの医官が駆け付けられるようにした。

全体的に白い部屋には、調度品は最低限、華美な装飾は控え、埃《ほこり》が立たぬよう、掃除がしやすいようにしている。

特に気を使っているのは寝台だった。あまり寝返りがうてないこともあって、柔かすぎず硬すぎずちょうどいい布団を寝台に敷き、体躯《たいく》に合わせて段差をつけている。

変わっているのは寝台二台を隣り合わせにしていることで、なぜそんなことをするかと言えば、敷布《シーツ》を毎日交換するためだ。汗や皮脂はかびや虫が発生する原因になる。数日なら問題ないが、毎日取り換えるのが帝《みかど》というものである。寝心地を良くするために、汗で湿っているだけでも取り替える。その際、もう一つの寝台に移動してもらうのだ。

(超高級寝台、お値段いくら?)

それこそ装飾は派手ではないが、天蓋《てんがい》の帳《とばり》ひとつでも絹の衣が何着作れるだろうか。

最初は、まったく同じ部屋を作り、敷布交換や掃除のたびに移動してもらう話だったが、移動させるのはどうかという意見が出てこのように落ち着いた。なお、掃除中は換気に気を付け、埃《ほこり》を飛ばさないよう細心の注意を払わねばならない。

何があろうと生かしてみせる。そんな宮廷医官たちの決意の集大成だった。

寝所の隣に手術室がある。術後、すぐさま移動できるようにこしらえたのだ。何もかも、手術を万全にするためなら金など惜しみなく使っていた。なので、横になった主上が猫猫のところから見える。

主上には前日から食事を抜いてもらい、すでに手術台の上に寝てもらっている。今さっき麻酔薬は投与したばかりで、さらに鍼《はり》で痛みを取り除く予定だ。

(麻酔薬の選定は難儀だったなあ)

結果、依存性はあるものの今後常用しなければ問題ないであろうと、大麻《タイマ》を中心に調合した薬剤となった。

どれだけ痛みを軽減できるかわからないが、その場合は我慢してもらうしかない。

猫猫が遠目に見る限りでは、主上の容態《ようだい》は落ち着いているようだった。

(阿多《アードゥオ》さまが上手く説得してくれたのだろうか)

どんな遺言を残したのかはわからないが、そんなもの破棄させてやると猫猫は鼻息を荒くする。

しかし、少し気になることがあった。

(落ち着きすぎてはいないか?)

顔色を隠す化粧も何もしていないのに、皇帝の顔は妙に穏やかに見えた。

「異常はありませんか?」

「ああ。だいぶいい」

麻酔の効きを確認していた医官はほっとしていたが、猫猫はどうにも気になった。

劉《リュウ》医官と羅門《ルオメン》は最後の打ち合わせをしている。麻酔をする前に一度、皇帝と話をしていた。

(その時はまだ苦しそうな顔をしていた)

麻酔がよく効いている。ならいい。だが、効くのが早すぎないだろうか。

(なんかこういうのあったような)

虫垂炎《ちゅうすいえん》について、いきなり痛みが引くという記述をどこかで見た気がした。

（たしか——）

「どうしたの？」

劉小母さんが猫猫に声をかける。

「すみません。先に医務室に戻りますがいいですか？」

「ええ、準備はほとんど終わったから、問題ないわ」

「ありがとうございます」

猫猫は慌てて医務室へと向かう。術後班の医官たちが待機しており、息を切らしてやってきた猫猫に面食らっている。

「どうしたんだ？」

長先輩がいた。

「か、華佗《カダ》の書はどこですか？」

「それならこっちだぞ」

医官は奥の倉庫に案内する。普段は鍵をかけており、関係者以外は入れないようにしている。

猫猫は書に齧《かじ》りつくように見る。

「こら。破れるような乱暴な扱いはやめないか」

猫猫は制止の声を無視し、書を確認する。

（ここじゃない、ここも違う）

どこだろうか、と猫猫の視点が止まった。

『虫垂が破裂した場合、痛みが一時的に引く』

「これだ！」

猫猫は見つけた書を掲げる。

「だから、雑に扱うなと」

注意する医官に猫猫は書を見せつける。

「この記述について気になるところがあります。読んでみてください」

「読んでみろと言われても」

医官は慣れない文体を目でなぞる。

「ん？　この痛みが一時的に消えるというところか、もう麻酔薬を飲んでいただいたんだろう？　問題ないだろ」

「はい。しかし、主上の痛みが消えるにはまだ時間がかかるのではないでしょうか？」

猫猫は臨床実験の麻酔の資料を探すが見つからない。

「麻酔はしばらく時間を置かないと効かないはずです」

「……とりあえず劉医官に報告しておくか」

猫猫たちは劉医官たちがいる部屋へと向かう。

最終打ち合わせの途中でやって来た訪問者に、劉医官はあからさまに嫌な顔をした。羅門を含め、他の医官たちも猫猫たちの登場に困った顔をした。

「なんだ、一体」

「主上の容態《ようだい》について、一つ気になることがあります」

長先輩が言った。

「……単刀直入に言え」

劉医官は『主上の』と付ければ話を聞いてくれる。どんな些細《ささい》な変化であっても、病状というのはどこで変わるかわからない。そのことを知っている。

「麻酔薬を服用したばかりで、もう痛みがないと言っておられたそうです」

猫猫はすかさず劉医官に華佗の書を渡す。

「……」

劉医官と羅門は、書をのぞき込み、険しい顔をした。

「打ち合わせは以上だ。皆、すぐさま準備に入れるよう持ち場につくように」

劉医官は速足で、手術室がある方へと向かう。

「どんな様子か詳しく説明しろ」

「それは猫猫が」

長先輩が猫猫に振ってくる。劉医官は長先輩の肩を叩《たた》くと、親指で羅門を指す。羅門を補助して連れてこいと指示している。

「猫猫、状況説明」

「はい」

長い歩幅のまま、劉医官は速足で歩くので、猫猫は小走りになった。

「半時《いちじかん》前、劉医官と漢《カン》医官が問診に来た時は、腹痛がありました」

「あった」

「四半時《三十ぷん》前、麻酔薬を投与したかと思います。その後、すぐに医官が容態を聞いたときには、主上は痛みがないご様子でした」

「すぐか」

劉医官の歩幅がさらに大きくなった。羅門は後ろを長先輩に支えられながら歩いている。

手術室の前で足を止めると、大きく深呼吸をした。

「劉医官」

さっき問診していた医官だ。

「まだお時間には早いのでは？」

「主上のご容態はどうだ？」

「はい、麻酔がよく効いているのかとても安定――」

劉医官はその説明を睨《にら》んで止める。

「劉さん、そんな態度はいけないよ」

長先輩に支えられながら、羅門が到着して言う。

劉医官と羅門は手術室へと入る。猫猫は長先輩と共に外で待機していようとしたが、劉医官が振り返る。

「おまえらも来い」

（入っていいのか）

猫猫は服に汚れがないか確認して入る。

「どうした？」

皇帝がぼんやりした眼で聞いた。

（麻酔が効いている）

「今、吐き気や痛みはどうですか？」

「薬が効いているのか落ち着いている。なぜ、この薬を最初から処方してくれなかった」

「使い過ぎると役に立たなくなる薬です。あと、依存性があります」

麻酔薬と麻薬は使い方次第なのだ。

「触診を行いますがよろしいですか」

「ああ」

劉医官は皇帝の右下腹部に触れる。

「どうですか？」

「痛みはないな」

「……」

劉医官が苦い顔をする。

「またすぐ来ます」

手術室を出てすぐ劉医官は地団太《じだんだ》を踏《ふ》んだ。その様子を近くでまだ掃除していた劉小母さんが、心配そうに見る。

「なんて時に」

劉医官は病巣を押して確認したのだった。

「おそらく患部が破裂しちまっている」

「困ったね」

「困ったね、で終わらすな」

劉医官が怒るのも無理はない。何のために手術を急いできたかというと、患部が破裂する前に摘出したかった。破裂して膿《うみ》が体内にまき散らされると、違う病気を起こす。

「どうかされましたか？」

手術班の医官たちも来ていた。

「手術の時間を繰り上げるぞ。準備をしてくれ」

「……わかりました」

緊急事態だと察知し、それぞれ動き出す医官たち。道具を用意し、手術着に着替え始める。

猫猫は綿紗《ガーゼ》を追加で準備する。十分な綿紗を用意しているが、たくさんあって困る物ではない。まき散らされた膿《うみ》を吸い取るのにいくらでも使うだろう。

「おわっ」

「おい、なにやってるんだ！」

「すまん」

術着に着替えてきた医官がこけそうになって、他の医官が支えている。冷静に見える医官たちだが、やはり焦りが見えた。

（焦りは失敗を招く）

猫猫も大きく深呼吸をし、落ち着けと自分に言い聞かせる。

すでに手術室では、帝《みかど》の御身《おんみ》に鍼《はり》が打たれている。投薬も鍼も、他の患者たちの痛みの様子から最適な時間を割り出したのに、前倒しになることで効き目がどう変わるのかも心配だ。

そんな中、一人調子を崩さずに、むしろわくわくしている者がいた。

「ふんふーん」

鼻歌さえ歌う余裕があるのは天祐《ティンユウ》だ。まるで遠足を楽しみにしている子どもだ。

人格に問題がありすぎるが、こういう時だけは落ち着いているので心配はいらない。むしろ、危機的状況を楽しんでいるかのようだ。

「食事、早めに食べてもらっていてよかったわ」

劉小母さんも冷静に粛々《しゅくしゅく》と準備をしている。

「今から食事なんて取れないもの」

「ええ、空腹で手術をされても困りますからね」

猫猫の返しに劉小母さんはにっこりと笑うと、他の医官たちのところに行った。

「はいはい、あなたたち。やることがないなら、軽めに食事を取っておきなさいな。手術が終わったら食べる時間はないからね」

劉小母さんは術後班の肩を叩《たた》いていく。

（精神《メンタル》強っ）

伊達《だて》に人生経験が長いわけではない。劉医官が連れて来ただけのことはあった。

十九話　手術中

手術が始まった。

猫猫《マオマオ》たち術後班は、手術室の外で待機している。

執刀医は、劉《リュウ》医官。助手として、上級医官が二人、あと天祐《ティンユウ》がいる。羅門《ルオメン》は足が悪いので長時間の執刀には向かないが、経験豊富なので手術室内で待機している。

（劉医官、なんだかんだでおやじのこと好きだろ）

悪態をつく割に、信頼が厚い。何かあったときの助言者として置いている。

不測の事態は起きたものの、この顔ぶれなら問題ないと思っていた。

しかし――。

手術室の中からがちゃんという音が聞こえた。

（何かあったのか？）

ただ器具を落としただけなら問題ないのだが、手術室の扉が開く。

「っ!?」

中から出てきたのは、右手から血を流す劉医官だった。真っ青な顔の医官が手術室の中で腰を抜かしている。

「何があったんですか⁉」

「落ち着け」

劉医官は低い声で言った。

「よくあることだ」

「私から説明するよ。劉さんは止血を優先しておくれ」

「わかった」

杖《つえ》を突きながら、羅門がやってくる。劉小母《リュウおば》さんが手ぬぐいやさらしを持って、劉医官に近づく。

「主上の麻酔の効きが弱かったようでね。それで主上の腕が動いてしまい、小刀を渡そうとした時、当たりそうになったんだよ。思わず避《よ》けたのはいいけど、代わりに劉さんに当たってしまったんだ」

腰を抜かしているのは、第一助手の上級医官だ。わざとではないにしても、劉医官の利き手に小刀を刺してしまった。やらかしてはいけないときにやらかした、その衝撃は大きいだろう。

「ともかく反省会はあとで。手術の続きをするよ」

羅門は落ち着いた声で周りを確認する。

「その子はとりあえず手術室の外で落ち着こうか。誰か連れて行っておやり」

「わかりました」

長先輩が腰を抜かした第一助手に肩を貸す。

「次に執刀医だけど」

もう一人いる上級医官が第二助手だ。第一助手が使い物にならない以上、第二助手がやることになろう。

「……私には、無理、です」

第二助手は、完全に怖気《おじけ》づいてしまった。顔が引きつり、手が震えている。

そうなると残りは一人しかいない。

(どうしてよりによってこいつなんだよ)

猫猫は頭を抱えたくなる。

皆がどよめき、焦り、不安になる中、普段と変わらぬ表情でいる男。

「天祐、やってくれるかい？」

羅門は天祐を見る。天祐は唇を尖《とが》らせて天井を見ていた。

やる気かと思いきや、そうでもない。

「うーん」

「どうしたんだ？　やらないのか？」

不安が募る医官たち。

「なんかー。拍子抜けしちゃいまして。玉体《ぎょくたい》と言うから、てっきり黄金の血が流れているのかと思ってたんですけどー」

医官たちは「何を言っているんだ、こいつ？」という顔をしている。

猫猫は、他の医官たちよりも天祐がどういう性格か理解している。

天祐は人体の構造に興味がある。そこに人を助けようという意思はなく、ただ合法で人間の内部を見ることができ、切り刻めるから、医官をやっている。

そんなとんでもない男は、国の頂点に立つ主上の玉体に興味があった。しかし、開けてみればなんのことはない。今まで手術してきた平民と構造が同じだ。

これまで練習してきた手術と同じ。

がっかりしたに違いない。

(何て奴だ)

「んー。飽きちゃったな」

「何が飽きたんだよ!?」

「誰かやっといてよ」

『はあ!?』

医官たちの声が重なる。

天祐の精神構造を理解できない医官は、どう反応すればいいのかわからない。羅門もいつも以上に困り顔だ。

手術が失敗すれば、ここにいる全員が死ぬことになるかもしれない。

しかし、天祐には関係ない。自分にとって簡単な手術だ。他の医官も簡単に成功させるだろうと思っている。奴にとって緊張で手が震える物事などないのだ。

（説明するか）

だが、その時間すらもったいない。天祐は変なところでごねるだろう。

「そうかい」

羅門は止血中の劉医官を見る。

「私がやる」

「劉さんには無理だよ。まずは止血。あと手の動きがおかしくないか確認だね」

「おまえがやるのか？」

「そうだね。やるしかないね。これ以上、放置はできないからね」

羅門は素早く見切りをつけた。

「予備の助手の子はいるかい？」

「はい」

中級医官が手を上げる。不安そうだが、やらなくてはという決意が見えた。

「中に入っておくれ。それから――」

羅門は周りを見た。今の状況に震える者たちがいる中、長先輩の肩を叩《たた》く。第一助手のことは劉医官と共に、劉小母さんに任せてきたようだ。

「手術の助手経験はあるかい？」

「はい」

「できるかい？」

「はい」

長先輩は、手で己《おのれ》の頬を思い切り叩くと、置いてあった予備の手術着を羽織る。

「あと、猫猫や。助手のやり方はわかるかい？」

「はい」

「とはいえ、猫猫には私を支えてもらいたいね。椅子に座りながらでは、手術ができないからね」

「わかりました」

猫猫は、すぐさま準備に入る。猫猫も手術着を着ようとしたが、大きさが合わない。袖が邪魔にならないように紐《ひも》でくくる。

羅門は怖気《おじけ》づいた第二助手にも話しかける。

「執刀は無理でも助手ならできるかい？」

「……はい」

ぎゅっと唇を噛《か》んで、第二助手も手術室に入る。

「ねえ、俺は？」

天祐がきょとんとした顔で聞いてきた。

「いらない」

羅門ではなく、猫猫が答える。

「いるだけ邪魔だ。外で指を咥《くわ》えて待っていてください。手術をする気がないあなたの指は咥える以外使い道はないでしょう」

猫猫は言葉を荒らげないように気を付ける。だが、腹が立って仕方ない。むしゃくしゃして仕方ない。

「手術が無事終わったら私は主上に何かねだってもいいですよね」

猫猫の軽口に、周りは何も答えない。返すような余裕もない。

「その時は、天祐の指を何本か、ご褒美にいただきましょう。使い道のない指なら、乾かして木乃伊《ミイラ》の指として飾っておいたほうが役に立ちますよね」

つい憎まれ口をたたいてしまった。もう呼び捨てなのは気にしない。

周りがざわめくが、どうとも思わない。とにかく何か言わなければ、猫猫の腹の虫がおさまらない。

「猫猫や。おやめ」

「……」

羅門は猫猫を窘《たしな》める。猫猫としてはまだ二、三言いたいことはあったが諦める。それよりも、早く手術を再開させるほうが重要だ。

手術室に入るなり、羅門は手術の続きを始める。

こんなふうに腹を裂かれた状態で放置されるなんて、どうしようもない。

猫猫は羅門が疲れないように体を支える。

第二助手は第一助手に、予備員は第二助手に、長先輩が第三助手になった。

「小刀をおくれ」

「はい」

第一助手は術創を固定しながら、羅門に新しい小刀を渡す。

第二助手は血や膿《うみ》を綿紗《ガーゼ》で拭き取り続ける。黄みがかった赤に染まる綿紗はどんどんたまっていく。第三助手こと長先輩はその使用済みの綿紗を受け取って捨てたり、新しい器具を用意したりと忙しい。

（もう一人くらい雑用専用の助手がいてもいいかもしれない）

羅門は的確に開いていく。滲《にじ》む血液を吸い取ると患部が見えてきた。

「虫垂炎《ちゅうすいえん》で間違いないのはいいんだけど」

飛び出た蚯蚓《みみず》のような内臓は、大腸《だいちょう》に癒着《ゆちゃく》していた。

助手たちは不安な表情で羅門を見る。唾液が飛ばぬよう髪の毛が落ちぬよう、布で頭と口を覆っているが、むき出しの目だけでも動揺しているのがわかる。

「なあに。この手術は前にもやったろう。暁東《シャオドン》はそのとき一緒だったはずだよ」

助手の名前だ。第一助手が頷《うなず》く。

「予想通り、虫垂《ちゅうすい》から膿《うみ》が漏れ出しているね。でも、まだ時間がそんなに経《た》っていないから、丁寧に落ち着いて膿を取れば大丈夫だよ。雪松《シェンソン》は細かいことに気が付くし器用だからできるはずさ」

第二助手も頷く。

「王《ワン》医官だっけね。下の名前を憶えてなくてすまないね。君は胆力があるから、そのまま動いていればいいよ」

「下の名前は旺《ワン》です」

「そうかい。忘れないよ」

（王旺《ワンワン》）

長先輩の名前が判明した瞬間だった。その響きに、妙に親近感がわく。

羅門は大腸に癒着した虫垂を少しずつ剥《は》がしていく。大腸を傷つけないように、丁寧に素早く動かす。

（おやじ、すごい）

猫猫が思わず見惚《みと》れる手の動きだ。劉医官が念のために手術班に置いた理由もわかる。

しかし、羅門には重大な欠陥がある。

猫猫は支えている体がどんどん重く感じるようになった。

羅門は肉刑を受け、膝の骨を抜かれている。故に、歩行に支障をきたし、長時間立ち続けるのは難しい。

猫猫は長年、羅門の介護をしてきたので体の支え方のこつはわかっている。しかし、手術という緊張を強いられる状態では、いかに優秀な羅門でも疲弊してしまう。

羅門の額に滲《にじ》む汗を王旺先輩が拭う。

癒着した虫垂を大腸から剥がし、鑷子《ピンセット》でつまむ。

「持てるかい？」

「はい」

第一助手は鑷子を受け取る。

「持ち上げておくれ。引っ張りすぎないようにね」

羅門は、蚯蚓のような部位の根元を固定する。やはり見事な手際だが、さっきほど動きに切れがない。

どんどん猫猫に重くのしかかってくる羅門。猫猫は歯を食いしばり、必死で羅門を支える。

（早く早く！）

猫猫は焦ってしまう。ほんの瞬きする時間が半時《いちじかん》にも感じられた。蚯蚓《みみず》のような部位が切り離され、金属の皿にのせられた。大腸《だいちょう》には丁寧に縫われた痕があった。

（おわっ……）

最後まで気を抜いてはいけない。羅門の体重が一気に猫猫にかかった。猫猫は慌てて羅門を支えるが、膝をついてしまう。

「大丈夫ですか!?」

王旺先輩が声をかけ、倒れ掛かった羅門を立たせてくれた。

「すまないね……」

羅門の顔は真っ青だ。やはり無理をしていた。手が震えている。息が荒い。とりあえず椅子に座らせているが、これ以上執刀を続けるのは無理そうだ。

病巣は取った。しかし、まだ開いた腹がそのままである。

「まだ手術は終わっていません」

（あとは縫うだけ）

第一助手、第二助手は表情で「無理だ」と言っている。完全に怖気《おじけ》づいてしまった。

王旺先輩も険しい顔をしているが、手術室の外に応援を頼むだけの判断力があった。だが、今から玉体《ぎょくたい》を縫おうという度胸がある医官はいるだろうか。

猫猫は王旺先輩に代わり、縫合用の針と糸を準備する。

（誰もやらないのなら、私がやる）

やらないと終わらない。

「おやじ、間違ってないか確認してくれ」

猫猫は釣り針のような形をした針を鑷子《ピンセット》でつまむ。さっきまで羅門をずっと支えていたので、左肩がしびれていた。

（大丈夫、大丈夫）

右手はしびれていない。

（生体の腹は慣れていないけど）

腕や足なら何度か縫ったことがある。手術では何回も手伝ったことがある。

（できるはず）

「はいはい。そこ代わって」

なんとかやる気を奮い立たせた猫猫を遮る声《さえぎ》がした。

飄々《ひょうひょう》とした男が隣に立っている。頭と口を隠しても、その好奇心旺盛《おうせい》なぎょろっとした目は隠せていない。

「天祐、何しに来た？」

「娘娘《ニャンニャン》、いつもひどいけど、かろうじての敬語もなくなっちゃったね」

天祐は猫猫から鑷子《ピンセット》と針を奪う。

「返せ」

猫猫が奪い返そうとするが、天祐に伸ばした腕がしびれていて、顔を歪《ゆが》める。

「やだよ。左腕、もしかしてしびれてる？　そんなんで縫合上手くいくわけないでしょ」

正論だが、やる人がいないのならやるしかない。

「黄金の血が流れていないただの人間の体には興味がないんじゃなかったのか？」

「そうだね」

「なら諦めろ。ここには玉体とは名ばかりの普通の人間と変わらない人がいるだけだ。死ねばただの肉塊。面白くないって放り出されても困る。おまえ一人が死んでも気にしないが、私も他の医官も命が惜しいからな！」

「でも、このままだと俺、娘娘に指を落とされて、干物にされるわけじゃない？　名誉挽回ってやつ、させてよ」

「知るか。半端な気持ちでやるな。邪魔だからさっさと出ていけ」

猫猫は地団太《じだんだ》を踏《ふ》んだ。

「猫猫や。落ち着きなさい」

羅門が猫猫を窘《たしな》める。いつのまにかやってきた劉小母さんが、羅門に濡れた手ぬぐいを渡していた。

「ねえ。おじいちゃーん。こういう手術って成功したら、どんどん難しい手術ってできるんでしょー？」

（誰がおじいちゃんだよ！）

勝手におやじを変なふうに呼ぶなと、違う怒りもわいてくる。

「そうだよ」

羅門が答える。

「世には珍しい病の者がたくさんいるし、生まれつき特殊な構造を持つ人間もいる。内臓の位置が反対の者だっているよ」

「おおっ！」

天祐は目を輝かせる。

「興味深い症例を見たかったら、患者を診《み》るに値する医者にならないといけない。気分次第で手術のやるやらないを決めるな」

手にさらしを巻いた劉医官がやってくる。さらしはまだ赤くにじんでいた。

「やらないとは言ってませんよ」

「なら、やれ。患者がどうしてもとお願いしてくるような腕を見せつけろ。いいな」

天祐のぎょろぎょろした目が一点に定まる。閉じていない主上の術創を見つめている。

（……）

猫猫はぎゅっと唇を噛《か》むが、仕方ない。少なくともここでは天祐のほうが猫猫よりも縫合が上手い。小紅の術創を縫った時にそれは痛感している。

「猫猫。そいつが変な気を起こさないか見張っておくように」

「……わかりました」

劉医官は去っていく。

まだ疲れが取れていない羅門だが、監督として残ってくれた。

「せっかくだから、娘娘が助手やってよ。俺のやりかた、他の医官の先輩たちよりわかってそうだからさ」

「……」

猫猫は屈辱と思いながら、替えの針と鋏《はさみ》を用意する。

（絶対、ぜーったい、こいつより上手くなってやる）

猫猫はむすっとなりつつも、吸収できるものは吸収してやると、天祐の素早い手つきを凝視した。

二十話　手術後

その後、手術は何事もなく終わった。それまでの騒ぎが何だったのかと思うほど、すぐに終わった。

猫猫《マオマオ》にとって歯がゆいことに、天祐《ティンユウ》の処置は美しかった。綺麗《きれい》に縫合された主上の腹は、丁寧に薬を塗られてさらしを巻かれた。

（あー、片付けないと）

手術室には血まみれの器具に、血液と膿《うみ》で汚れた綿紗《ガーゼ》の山。脂汗まみれの助手たちは、手術室を出るなり座り込んだ。

猫猫も同じだ。

時間としてはそんなに経《た》っていない。開始してから、中断も合わせて一時《にじかん》超えたかどうかくらいだろうか。

それなのに、普段の仕事より何倍も何十倍も疲れてしまった。

「はいはい、お疲れさま」

ほぼ廊下に倒れこんでいた猫猫を移動させるのは、劉《リユウ》小母《おば》さんだ。直接手術に手を出したわけではないが、彼女がいなければ今回の手術は上手くいかなかった気がする。それだけうまい具合に補助してくれる気が利いた人だ。

脇に両手を突っ込まれ、引きずられたことまでは覚えている。

その後、記憶にない。

どんなに疲れていても、寝て起きたら仕事が始まる。

「ようやく起きたわね」

劉小母さんが隣の寝台を整えていた。ぼんやりした猫猫の頭は今の状況を把握できていない。

「ここは？」

少なくとも宿舎の部屋ではない。狭い部屋に寝台が三つ並んでいる」

「術後班用の部屋よ。私たちの泊まり込みも想定して別室を作ってもらったから」

「なるほど」

だんだん頭に血が巡ってきた。たしかそんな部屋を作っていた気がする。

「なんで寝台が三つなんですか？」

猫猫と劉小母さん。術後班で女は二人だけのはずだ。

「念のため、強力な助っ人を頼んだらしいわ」

「はいはい。まだぼんやりしているわねー。ごはんを食べて、お湯でも貰《もら》ってきなさいな。今の格好、すごいわよ。昨日の手術着のままだから」

「うげっ」

猫猫は自分の格好を見て、嫌な声を出した。白い服には血と膿《うみ》が飛び散っている。

「玉体《ぎょくたい》からこぼれ出た物よ。そんな言い方をしちゃいけないわ」

「血は血ですよ」

猫猫は寝台から降りると、汚れた手術着を脱ぎ捨てた。

着替えなど諸々《もろもろ》を終えて、猫猫は仕事場へ向かう。

（何をすべきか）

すでに手術前の打ち合わせで決めてある。猫猫はそれに従って働くだけだ。

「しばらく面会できません」

「なんだと！」

偉そうな人が主上への面会を断られていた。扉の前の護衛は高順《ガオシュン》だ。多少顔が利く相手でも、高順なら断れるという配置らしい。

猫猫は、そんな人たちに見つからないようにこそこそと入る。

すでに、他の術後班は働いていた。

「おう、大丈夫か？」

「はい、わんわん先輩」

長先輩こと王旺《ワンワン》先輩だ。

「何か急に名前を呼び始めたな」

名前が覚えやすすかったからだ。

「そうですかねえ。気のせいでは」

猫猫はしらばっくれる。

「まあいい。今、主上はお眠りだ。手術班も術後の処置に加わるから、適宜《てきぎ》対応しておいてくれ」

「わかりました」

猫猫は、仕事をしに奥へと向かう。

今後しばらく気が休まらない日々となろう。

術後数日、今のところ異変はなかった。主上に面会を求めるお偉いさんはたくさん来たが、全員断っている。

絶対安静を実行しているためか、恐れていた合併症は今のところない。腹の中にまき散らされた膿《うみ》は、手術中に丁寧に隅々まで助手の医官が除去したからだろう。

さらしの交換は一日二回。劉《リュウ》医官たちが傷口の様子を見る際に替える。

正直、医官たちは一日一回で十分だと思っているが、うるさい高官たちの中には半時《いちじかん》ごとに確認しろなどと無茶をいう奴もいる。無駄に回数を増やすと、外部から毒が入る可能性が高くなるとは思わないらしい。

妥協案として二回取り換える。

使用済みのさらしはもったいないが処分した。武官たちに使うさらしは洗濯と煮沸《しゃふつ》を繰り返し、何度も使っている。帝《みかど》の使ったさらしは変に再利用すると、下賜《かし》にあたるから面倒なのだそうだ。

食事はしばらく流動食だ。尚食《しょうしょく》の料理人たちと話し合って食事を作る。

猫猫はその光景を見るたび、梨花《リファ》妃《きさき》の看病を思い出す。重湯《おもゆ》を持って行くたびに主上は辟易《へきえき》した表情を見せたが、文句は言わない。

切られた腹は痛いが、慢性的な腹痛や吐き気はおさまっていた。

なお、着替えや清拭《せいしき》はさらしを交換する際、医官たちがやっている。侍女や官女《かんじょ》にやらせない理由としては、じゃらじゃらした格好の女たちを近づけないためだ。

(さすがに髭《ひげ》の大旦那も手を出す元気はないだろうけど)

官女たちはこれ幸いと変な気を起こすかもしれない。親の期待を背負った野望高き官女は、お手付きになるのを狙ってくる。

もちろん病人に対してそんな不埒《ふらち》な真似を許すわけにはいかず、なおかつ皇后である玉《ギョク》葉后《ヨウきさき》の面会も控えてもらっている。

部屋の掃除は猫猫や劉小母さん、それから特別に駆り出されてきた水蓮《スイレン》がやる。

仮眠室の追加の寝台は水蓮用だった。

そして、現在猫猫は水蓮と共に掃除中だ。埃《ほこり》が飛ばないように細心の注意を払いながら、丁寧になおかつすばやく掃除をしていく。壬氏《ジンシ》付きだった時代を思い出し、猫猫は少し萎縮していた。いびりとまではいかないが、厳しくしつけられたことが思い出される。

（この人、何でもやれそうだもんなあ）

壬氏の侍女だが、その前は主上の乳母だったこともある。その点では、帝にとって気の置けない相手に違いない。

「この場所には花がないなあ」

猫猫が掃除をしていると寝台の帳《とばり》の奥から声が聞こえた。主上以外の誰でもない声だ。

「あら、嫌ですねえ。私だって、名前の如く蓮《はす》の花に例えられた時代もありましたのに。誰のせいでこんなに老けた白髪のおばあちゃんになったと思うのかしら？」

鼻歌をまじえながら水蓮が言い返す。

「……」

部屋の入口に立つ護衛が睨《にら》んでいる。皇帝に対して軽い態度をとる老婆をどうすべきか考えているようだ。たぶん『馬《マ》の一族』の者だろうが、特殊すぎるおばあちゃんがいて困るのはわかる。

（普通なら不敬だと取り押さえるんだろうけど）

水蓮は帝《みかど》にとって頭が上がらない人物だ。

（誰が采配《さいはい》したんだか）

娯楽のない寝たきりの状態の皇帝は、水蓮の軽口を楽しんでいる。これでは、水蓮を止めた者が咎《とが》められそうだ。

「誰がお乳をあげて、おむつを替えてあげたと思っているのかしら？」

「そんな覚えてもいない幼い頃の話は知らん。ただ……、刺客《しかく》から庇《かば》ってもらったことは感謝している」

幼かった皇太后を守った伝説の侍女と言われただけのことはあった。どんな活劇があったのか聞きたいところだが、深く立ち入りすぎてはいけないと、猫猫は床の乾拭《からぶ》きを続ける。

「阿多《アードゥオ》もあんな目に遭っていたのか？」

「ええ。知らなかったんですか？」

「そうだな。あやつはそんなことぼやきもしなかった」

「あらあらまあ」

水蓮の声はおっとりしているようでいて、何かしら怨嗟《えんさ》が含まれている気がした。

「やはり宮廷なんて、お金が貯《た》まったらさっさと出て行くべきでしたかねえ」

「そんなことを考えていたのか？」

初めて聞いた、とばかりの声だ。

(逃げ出したい気持ちはとてもわかる)

「だって、あの子は娘衣装も嫌いな跳ねっかえりですもの。あのまま宮廷にいても官女《かんじょ》になれるとは思えないでしょう？　貯めたお金を元手に、商売でも始めましょうかと話していましたのに」

「だが、朕《ちん》が計画の邪魔をしたようだな」

「よくおわかりで」

護衛だけでなく猫猫も冷や冷やしてくる。とはいえ、主上が水蓮を罰することはないとわかっているので、息を吐いて気持ちを落ち着かせる。

「ところで、水蓮。瑞《ズイ》についてだが」

「はい」

「あやつは知っているのか？」

(何を知っているのか？)

猫猫は壬氏の出生についてのことだと思った。手術の前日、皇帝は壬氏に出生の真実を話すものだと思っていた。だが、そんな衝撃の告白はなく、壬氏は猫猫とともに先に退室させられた。

あのあと、帝《みかど》が阿多と何を話したのか。壬氏は、自分が皇帝と阿多との子だと気付いているのか、いないのか。それは猫猫にはわからない。

「知っていても知らなくてもどちらでも問題ありませんよ」

水蓮は手を止めずに話す。

（そうだな）

壬氏は知っていても知らなくても変わりない。変わるとすれば周りなのだ。

そして、皇帝さえそのことを口に出しさえしなければ、何も起こらない。皇帝はもう話すことはないだろう。

「さーて、坊ちゃま。おんばはお部屋を出ますけど、寂しくないですか？　お話の読み聞かせくらいならできますよ」

（っふ！）

猫猫は噴き出しそうな口を思わず塞いだ。塞いだのはいいが、手に雑巾《ぞうきん》を持っていたので、うげっとなった。

猫猫だけでなく護衛も苦しそうだ。ぎゅっと唇を噛《か》みながら、己《おのれ》の太ももに爪を立てて笑うのを我慢している。

「坊ちゃまはやめてくれ」

その聞き慣れた台詞《せりふ》は、壬氏とそっくりだった。

「それでは失礼しますね」

水蓮は部屋を出る。

猫猫もあとに続こうとした。

「羅漢《ラカン》の娘。猫猫といったな」

「はい」

猫猫は足を止めて振り返る。

「朕《ちん》は死んだら肉か？」

「!?」

猫猫は汗をだらだら流す。

（もしかして……）

手術中、ずっと意識があったのだろうか。ずっと黙っていたから、ないものと思っていた。

「確かに玉体《ぎょくたい》というが、素材は肉だな。血も黄金ではなく普通の赤だ」

「ほほほほ」

猫猫は顔が引きつり、変な笑い声しか出ない。

（あの状況で静かに待っているなんてどんだけ落ち着いているんだよ！）

護衛が猫猫を睨《にら》んでいる気がする。

「瑞に対しても、同じようなことを言っておるのか？」

「同じようなことですか？」

壬氏に対してはいろいろ言いすぎて、どのことなのかわからない。

（玉に瑕《きず》がつくようなことは言ったかもしれないけど）

悩む猫猫に、主上はかすかに髭《ひげ》を揺らした。

「ともかく朕《ちん》が手術中に手を動かしたせいで、いろいろ迷惑をかけたようだな」

「滅相もありません」

本当はそれさえなければと思ったが、致し方あるまい。あの状況で、痛いと騒がなかっただけすごい。

「なかなかない経験だったぞ。朦朧《もうろう》とする中、なんか腹に違和感はあるわ、医官たちが騒いでいるわ。羅門《ルォメン》は気付いていたみたいだが、なんでもありませんとかしらばっくれる」

猫猫は思わず合掌する。羅門が猫猫を止めに入っていたのは、帝《みかど》に意識があったのも理由だろう。

「安心せよ。この通り朕は無事だ。まだ、切られた傷は痛いしかゆいが仕方あるまい。何より、阿多に言われた。遺言に、医官を罰するなと残せとな」

「阿多さまが」

猫猫は天井を仰ぎ、阿多に感謝する。

「なので安心せよと言いたいが」

主上は俯《うつむ》き、思いにふける。

「そうなると猫猫の望みと遺言に矛盾が生じるので、どうしようかと考えておる」

「私の望みですか？」

「褒美が欲しいと言っていただろう」

猫猫は腕組みをして思い出す。

「誰か医官の指をくれとか言っていなかったか？　遠くで聞こえたが、女の声はおまえか劉の妹くらいしかいないだろう。聞き間違いではないと思うが」

猫猫は固まる。

『その時は、天祐の指を何本か、ご褒美にいただきましょう。使い道のない指なら、乾かして木乃伊《ミイラ》の指として飾っておいたほうが役に立ちますよね』

言った。しっかり言っていた。

「え、ええっと。いや、本気でいるわけではないので」

「そうだな。人の指を材料にした薬など、朕は飲みたくない」

（私だってそうだよ）

とはいえ、気まぐれで手術をやらないとか言い出す問題児に、そのまま罰を与えないのもおかしい。手術は成功させたし、主上が罰を与えないと言っている以上、誰も罰せないことはわかっている。

「あっ!?」

猫猫はひらめいた。

「どうした？」

「いえ、指の代わりにその医官を減給することは可能でしょうか？」

「減給か？」

「はい、半年ほど」

「ふむ。わかった。劉と話をしておこう」

劉医官と話すなら、通るはずだ。ここ数日、天祐と顔を合わせていないが、きっと拳骨を食らいすぎて、たんこぶの分だけ身長が伸びているはずだ。

「では」

「待て」

（まだ何かあるのだろうか？）

他に吐いた暴言を思い出そうとする。

「ここは暇で暇で仕方ない。前に後宮《こうきゅう》でくれた指南書を持ってきてくれないか？」

「指南書？　ああ」

後宮の妃《きさき》たちに配っていた指南書である。一時期、主上にも献上していた。

「ここでは、劉医官の検閲が入るかと思いますが」

「劉のか……。無理を言ったな」

「いいえ」

猫猫は頭を下げて退室した。

終話

主上は半月ほどで、公務に戻られた。

術後の経過も良く、合併症もなかった。

猫猫《マオマオ》は、手術創の抜糸が済んだのを確認して、大きく手を上げて喜んだ。猫猫だけじゃない。劉小母《リュウおば》さんやわんわん先輩、他の医官たちも喜んだ。

術後班は、ほぼ休みなく交替で帝《みかど》を看病していたのだ。

「あー、屋台の脂ぎっとぎとの麺を食らうぞー」

「おー」

（わっかるー）

泊まり込みで一番困ったのはなにより食事だ。外に出られないので、主上のお食事と同じく尚食《しょうしょく》が用意してくれる。ここで豪華な宮廷料理が出ればいいのだが、看病しているお方は病のため、米粒のない粥《かゆ》ばかりの食事だ。結果、医官ごときにそれよりまともな飯を食わせられるか、との精神で貧相な食事ばかり持ってこられたのである。

劉《リュウ》医官や羅門《ルオメン》が問診の時に、こっそり点心《おやつ》を持ってこなければ栄養失調になったのではないかと思うほどの粗食だった。

（めーし、めーし）

しばらく医官が交替で付くが、術後班は解散となる。

「残念ねえ。せっかく仲良くなれたのに」

「ふふふ、水蓮《スイレン》さま。今度、お茶でもしましょう」

年代が近いためか、水蓮と劉小母さんは意気投合していた。

（そういや）

半月も水蓮がいなくて壬氏《ジンシ》は大丈夫だろうか。

「さて、私は若いほうの坊ちゃまのお世話に戻りましょうか」

（若くないほうが主上か）

猫猫にとって恐ろしい婆《ばばあ》の二強は、水蓮とやり手婆である。

「猫猫。あなたごはんを食べにこない？　桃美《タオメイ》と麻美《マーメイ》が食べきれないくらい作っているらしいわ」

「食べきれないくらい」

猫猫の口によだれがあふれる。

今から宿舎に帰っても飯を作るのが面倒だ。だからといって、後輩の長紗《チャンシャ》に作らせるのもどうだろうか。屋台で買い食いするか、と思っていたところだ。

（食べたいけど）

水蓮、桃美、麻美、あとなんとなく雀《チュエ》がいそうだ。

（居心地悪そうだ）

食欲と気軽さの間で天秤《てんびん》が揺れている中、水蓮が耳元でささやく。

「坊ちゃま、お疲れみたいなのよ。ちょっと診《み》てあげて」

「はい」

猫猫は素直に返事していた。

主上が半月間、絶対安静だったということは、その間誰かが仕事を受け持ったということだ。

「できるだけ月の君の仕事を減らしたんですけど」

虎狼《フーラン》の言い訳は知らぬ。ただ、そこには干からびた壬氏がいた。

「うちの旦那が手伝えればまだよかったんですけど」

桃美が手を頬に当ててため息をつく。

「最近の三倍は仕事ありました。西都換算で五割増しくらいです」

西都にいたときよりも忙しかったのなら、干からびてもおかしくない。

（なんか水辺が乾いたあとの蛙《かえる》っぽいな）

猫猫は不謹慎なことを考えてしまう。

「あらあらまあまあ」

毛足の長い絨毯《じゅうたん》とはいっても土足で歩くうえ、そこに壬氏が寝そべっているともなれば、ばあやは嫌な顔をする。

「せめて寝台に運ぶとかしないと」

「申し訳ありません。このままでいいと、まだ眠るわけにはいかないと言われたもので」

馬閃《バセン》は言い訳をした。

「それをなんとかするのが従者というものでしょうが。小猫《シャオマオ》、早速仕事よ」

水蓮は猫猫を早速使う。猫猫だって休みたいが仕方ない。

「とりあえず砂糖水でも用意してもらえますか？」

「はーい」

やたら返事がいいのは雀だ。瞬く間に水差しを持ってくる。

「はい、壬氏さま。どうぞ」

猫猫は壬氏の頭を起こし、砂糖水を飲ませる。

「……」

甘い水をしばらく吸っていると、壬氏の目が開いた。

「っうおっ！」

「うおっとは何ですか？」

「坊ちゃま。品がないですよ」

水蓮はやんわり叱る。

「壬氏さま。お食事にいたしましょうか？」

「……ああ」

「ついでに私にもごはんをお恵みください。とてもお腹空《なかす》いています」

「好きなだけ食え」

「ありがとうございます」

壬氏は猫猫の腕の中にいるのに気づいて、気まずそうに立ち上がる。

「どんどん持ってきますから」

桃美が娘の麻美と共にご馳走《ちそう》を持ってくる。円卓が料理で埋まり、猫猫の腹がきゅるきゅる鳴る。

「猫猫さん、雀さんの分を残しておいてほしいです」

雀も猫猫以上に腹を鳴らす。

「あなたはこっちね。食べつくしちゃいそうだからね」

桃美が雀の衿を掴《つか》んで移動させる。

「あー、ご馳走がー」

桃美は雀を引きずって消えていった。二人だけでなく、馬閃、虎狼、麻美もいない。

「何かありましたらお呼びくださいね」

水蓮は呼び出し用の鈴を置くと、隣の部屋へと移動した。

「座れ。好きだけ食べるといい」

「壬氏さまも」

壬氏は、乾燥した唇をにいっと歪《ゆが》める。

「おまえが食べたらな」

誰もいないので壬氏は行儀が悪い。卓に肘をつき、猫猫をじっと見る。

(食べろと言われたので)

猫猫は麺からいただく。つるんとのど越しが良い。

壬氏はじっと猫猫を見るだけで食事に手をつけない。まだ水分が足りないのか、ぼんやりというか、とろんとした目をしている。

「壬氏さまが食事をしないと私も食べられないんですけどね」

「わかったわかった」

壬氏は手づかみで饅頭《まんじゅう》を食べる。やはりお行儀が悪い。

「壬氏さま。帝《みかど》になったら死にますね」

「いきなり死亡宣告か」

「ええ。絶対向かない地位です」

猫猫も疲れている。誰もいないからと、不敬な言葉がどんどん出てくる。

「そうかあ。帝《みかど》には向かないかあ」

壬氏は妙に嬉しそうに麺をすする。

「ならないでくださいね」

「なりたくないな」

「食事が終われば仕事ですか？」

「今は仕事の話はしないでくれ。食事中くらいゆっくりしよう」

「はい」

二人の会話はゆっくりと、食事と一緒にすすむ。

お腹《なか》が空《す》いているはずなのに、妙に満腹で、ゆっくりゆっくりと箸をすすめる。

壬氏も饅頭《まんじゅう》をちぎって食べるようになった。

ご馳走《ちそう》が冷えてしまう。

なのにのんびりと食べる。

この時間が妙に落ち着くと、猫猫は思った。


〈『薬屋のひとりごと16』につづく〉

この作品に対するご感想、ご意見をお寄せください。

●あて先●

〒101-0052 東京都千代田区神田小川町3−3
イマジカインフォス　ヒーロー文庫編集部

「日向夏先生」係
「しのとうこ先生」係

ヒーロー文庫

ヒーロー文庫

薬屋《くすりや》のひとりごと 15

日向夏《ひゅうがなつ》

2024年 4月10日　第1刷発行
2024年10月10日　第4刷発行

発行者　廣島順二

発行所　株式会社イマジカインフォス
〒101-0052 東京都千代田区神田小川町 3-3
電話／03-6273-7850（編集）

発売元　株式会社主婦の友社
〒141-0021
東京都品川区上大崎 3-1-1 目黒セントラルスクエア
電話／049-259-1236（販売）

印刷所　大日本印刷株式会社

ISBN 978-4-07-456728-7